Es Bruch

Der Name Pfalz leitet sich ab vom Palatin, einem Hügel im antiken Rom, auf dem der Kaiserpalast stand.
Die Pfalzgrafen vom Rhein spielten im Mittelalter eine herausragende Rolle bei der Regierung des Reichs, da hier im Südwesten die Stammlande der Karolinger, Salier und Stauffer waren.
Später wurde der Name Pfalz auf das ganze vom Amtsinhaber verwaltete Gebiet übertragen.

Erst im 19. Jahrhundert wurde das linksrheinische Gebiet als bayerische Pfalz und das rechtsrheinische Gebiet als Kurpfalz bezeichnet.

Die Westpfalz, unsere Heimat, besteht aus der Westricher Hochfläche, Teilen des Nordpfälzer Berglands sowie der Westpfälzischen oder Westricher Moorniederung.
Die Westricher Moorniederung, von Einheimischen das Bruch genannt, liegt in der St.Ingbert-Kaiserslauterer Senke zwischen Bliesaue und Kaiserslautern.

Die folgenden kleinen Geschichten erzählen von den
Menschen und Schicksalen in diesem schönen Teil
der Welt.

Vieles entstammt tatsächlich aus den Erzählungen
und Erinnerungen der Protagonisten.

Altes Volk

Sie waren zwei Tage vor dem kommenden Vollmond losmarschiert.

Zwölf Jäger, vier davon noch Knaben, bewegten sich völlig lautlos durch die Nacht.

Sie gingen auf den uralten Mammutpfaden, die sich von der heutigen Sickinger Höhe nach Norden bis hinab ins ausgedehnte Moor in der Ebene zogen.

In den alten Geschichten, die von den Ahnen überliefert waren, war die Rede von ruhmreichen Jagden auf ganze Herden der langhaarigen Elefanten!

Diese waren wohl immer im kurzen, zeitigen Frühjahr von der weiten Höhe heruntergekommen, geführt von der erfahrenen Leitkuh.

Gegen Ende der Eiszeit hatte es tatsächlich längere schneefreie Abschnitte gegeben, die die Tiere zur Wanderung in die zeitig grünende Ebene veranlassten.

Wie bei heutigen Elefanten erneuerte sich in ihrem Leben fünf- bis sechs Mal das Gebiss, und im hohen Alter, als keine Zähne mehr nachwuchsen, suchten sie die leichter zu kauende Vegetation, die der Sumpf hier im Moor bereithielt.

Auch das war ein Grund für die verlässliche Wiederkehr der Riesen.

Obwohl die Tiere einen ausgeprägten Zusammenhalt in der Herde hatten, war es für die Vorfahren leicht gewesen, einzelne Tiere in den Sumpf zu treiben wo sie versanken, aber nur so tief, dass man sie nach dem Todeskampf noch zerlegen konnte.

Was mussten das für triumphale Empfänge für die Jäger gewesen sein!

Reste der riesigen Stoßzähne waren noch erhalten! Und die Menge an Fleisch bewahrte den ganzen Stamm wochenlang vor Hunger!

Aber das waren nur alte Geschichten, heute gab es keine großen Beutetiere mehr.

Dafür gab es hier auch keine Höhlen, in denen Höhlenbären oder Höhlenlöwen hausten wie weiter südlich in den Höhlen der Alb.

Das größte, was es noch gab im Bruch vor fünftausend Jahren, waren die Auerochsen.

Diese waren zwar hauptsächlich im fast undurchdringlichen Wald auf der Höhe zu Hause, aber auch sie folgen dem Grün hinunter ins Bruch.

Die Jagd mit den primitiven Speeren und Steinbeilen war gefährlich.

Die wichtigste Waffe und Errungenschaft war das Feuer.

Davor hatten die Auerochsen Angst.

Aber wenn man sie zu sehr in die Enge trieb, bildeten sie einen undurchdringlichen Ringwall aus Hörnern, der vor Verzweiflung auseinanderstieb und die Jäger überrannte.

Nicht nur deshalb waren die ältesten der Jagdgruppe höchstens dreißig Sommer alt; dass ein Jäger mit seinem Sohn gemeinsam jagte, war sehr selten.

Es gab mehrere Stämme im näheren Umkreis:

Man raubte die schönsten jungen Mädchen der doch meist entfernt verwandten Stämme, (wie heute):

Das führte zu Fehden.
Die Männer wurden nicht alt.

Sie waren jetzt schon einen Tagesmarsch unterwegs und bis jetzt hatten sie nur zwei Graugänse erlegt.

Von den Auerochsen war noch immer keine Spur, obwohl sie schon längst überfällig waren.

Der jüngste der Jäger war gleichzeitig der mit der stolzesten Brust:

Ellem war der Sohn des Stammesführers.

Gerade dreizehn Sommer alt geworden, durfte er erstmals mit auf die Jagd. Wenn er sich hier bewähren sollte, würde er die volle Manneswürde erlangen können.

Deshalb war er auch mit am meisten mit dem bisherigen Jagderfolg unzufrieden.

Immerhin holten er und die vier anderen Knaben hin- und wieder ein paar Eier aus einem Raben- oder Eichelhähernest, wenn sie vom Führer auf eine hohe Eibe geschickt wurden, um so vielleicht einen besseren Überblick auf die dicht bewaldeten Hänge zu bekommen.

Aber von den ersehnten schwarzen Riesen fehlte jede Spur.

Sonst waren Schäden an Büschen und Baumrinde erkennbar, wenn die wuchtigen Bullen, denen jetzt im beginnenden Frühjahr die Kraft in alle Muskeln schoss, ihre Mächtigen Hörner an den Bäumen abarbeiteten.

Auch fanden sie immer noch keine Hufspuren.

Früher hatte sich hin- und wieder eines der frisch geborenen Kälber im Übermut etwas weit von der Mutter fortgewagt und blökte ängstlich, bis die Kuh es wieder einfing.

Doch auch ein fernes Blöken war nicht zu vernehmen.

Daheim in den fünf kleinen Hütten oben im Wallhalbtal würden die Familien der ungeduldig auf die Männer und ihre dringend benötigte Jagdbeute warten.

Die Vorräte, die die Frauen und Mädchen als Sammlerinnen im Herbst zusammengetragen hatten, waren mittlerweile zur Neige gegangen.

Ein wichtiger Bestandteil waren die getrockneten Fische, die mit einfachen Reusen oder aus der geschickten Hand der Jungen mit den langen Pfeilen, die sie mit großer Sicherheit mit dem aus Eibenholz geschnitzten Bogen geschossen wurden.

Auch die getrockneten Zwetschgen und die kühl und dunkel gelagerten Äpfel, die sie über den langen Winter mit Vitaminen versorgten, gingen zur Neige.

Regul, der Anführer, beschloss noch einen Umweg über den alten Mammutpfad zu nehmen, der entlang des Abbruches der Höhe zum Bruch verlief.

Diesem wollte man einen halben Tagesmarsch folgen, um wenigstens zu sehen, ob der heutige Gelterswoog noch wie üblich um diese Zeit fest zugefroren war oder ob man dieses Jahr vielleicht früher mit den Netzen wiederkommen könne.

So wie heute war dieser früher schon ein Stausee, allerdings angelegt und unterhalten von einer uralten Biberdynastie.

Dank den unermüdlich am Damm arbeitenden Nagern hatte sich ein lohnenswerter Fischbesatz etabliert, der auch den härtesten Winter geschützt unter der Eisfläche überstand.

Als die Sonne allmählich den Zenit erreichen wollte, beschlich die Jäger ein ungutes Gefühl.

Die Vögel, die seit dem Morgen noch so vollmundig ihre Brutbereitschaft mitteilten, waren verstummt.

Die Buben hatten mit ihren flinken Pfeilen eine Wildkatze erlegt, die scheinbar völlig verwirrt mit zwei kleinen Kätzchen im Maul in viel zu geringem Abstand zur Jagdgruppe vorbeitrabte.

Wortlos wanderten die beiden kleinen Wildkätzchen in den ledernen Sack, der eigentlich für die Leber und das Herz eines ordentlichen Auerochsen gedacht war.

Immerhin darüber würden sich die kleinen Mädchen daheim freuen können.

Das dumpfe Grollen, das sie seit dem späten Morgen gehört hatten, wurde allmählich lauter.

Gegen Mittag dann hörten sie ein Klappern und Knarren und Stimmgewirr erst aus der Ferne, dann näherkommend auf sie zuströmen:

Soweit man schauen konnte: Menschen.

Menschen mit heller Haut.

Menschen mit Kleidern nicht aus Fell.

Menschen, die redeten und sangen mit Worten die keiner aus der Gruppe verstand.

Sie trugen Messer, große, lange Messer, die in der Sonne blitzten!

Sie führten kleine, wollige Tiere mit sich und Auerochsen mit Ringen in der Nase, die Kasten mit runden Scheiben zogen!

Regul erstarrte, als ihn sein Sohn am Arm riss und auf zwei Wagen in der Mitte des langen Zuges zeigte.

Er hatte die beiden riesigen Leitbullen gut gekannt, die schon viele Jahre die Herde sicher durchs Jahr brachten und sich ihnen auch jedes Jahr bei der Jagd entgegengestellt hatten.

Der Jüngere hatte Reguls großen Bruder vor zwei Jahren niedergerannt und ihn dann, als er nicht schnell genug aufspringen und hinter den Bäumen Schutz suchen konnte, mit dem mächtigen Stierschädel gegen eine uralte Kiefer gedrückt und ihm den Brustkorb zerschmettert.

Im letzten Atemzug hatte er dem riesigen Tier mit seinem Steinbeil eine große Wunde quer über dem linken Auge zugefügt, dann hatte er sein Leben ausgehaucht.

An diesem Tag war Regul Anführer der Sippe geworden. Er war jetzt der Tapferste und der Kräftigste.

Eben dieser riesige Bullenschädel mit den riesigen Hörnern und der alten Narbe über dem Auge lag jetzt zusammen mit den anderen Köpfen der Auerochsen auf einem der Wagen, der von Ochsen mit Ringen durch die Nase gezogen an der kleinen Gruppe vorbeifuhr.

Die Suche nach der Herde war zu Ende.

Ein für alle Mal.

Es war die erste Begegnung der einheimischen Urbevölkerung mit den expandierenden Kelten.

Die Neulinge hatten einen massiven Sandsteinfelsen direkt an der Kante zur heutigen Westricher Hochfläche ausgemacht und beschlossen, hier, wo tausende Jahre später die Burg Nanstein die Stadt Landstuhl beherrschen sollte, einen Fürstensitz zu errichten.

Die Männer, Frauen und Kinder mit ihrer hellen Haut betrachteten die kleine Gruppe in ihren Fellkleidern im Vorbeigehen, aber niemand nahm sich wirklich ihrer an, und so war man sich nach dieser denkwürdigen Begegnung aus dem Weg gegangen.

Den ganzen Aufstieg zur Höhe und zu den heimischen Hütten sagte keiner der Jäger ein Wort, jeder war mit sich und seinen Gedanken beschäftigt.

„Ellem, Ellem!"

Die kleinen Buben kamen dem Jungen, der mit leisen und sicheren Schritten der Gruppe vorangeeilt war, entgegengerannt.

„Mein lieber Junge, berichte mir, ob meine Visionen wirklich wahr sind oder ob ich nur zu viel geträumt habe!"

Kanun, der alte Schamane, saß unter der großen Linde vor der Hütte des Häuptlings und hatte die Männer erwartet.

Schon immer hatte er den Sohn seines Neffen den anderen Jungen aus der Sippe vorgezogen.

Er hatte schon früh erkannt, dass dieser gelehriger und verständiger war als die anderen, er sollte sein Nachfolger werden.

Aufgeregt, aber kurz und treffend berichtete der Junge seinem alten Onkel, was geschehen war und was sie gesehen hatten.

Da kamen auch schon die Männer bei den Hütten an.

Schweigend legten sie die armselige Jagdbeute auf den Platz links neben die Linde.

Schweigend, nicht wie normal unter lautem Lobgesang, fingen die Weiber an, die Gänse zu rupfen und auszunehmen.

Herz, Leber und Magen wurden säuberlich getrennt und sollten als gebratene Innereien dem alten Kanun eine Freude bereiten.

Das Gänsefett würde als warme Wickel bei Halsbeschwerden dienen.

Während die Vögel über dem Feuer gedreht wurden, berieten die redeberechtigten Männer mit dem Alten, wie das alles zu deuten wäre.

„Schon lange sehe ich Zeichen, wenn ich mit den Ahnen in Verbindung trete. Sie berichten mir immer wieder von der aufgehenden Sonne.

Doch die Geister sagen, dass das Helle für uns der Weg ins Dunkel ist.

Jetzt, wo ihr berichtet, dass die langen Messer wie Sterne hell in der Sonne glänzen und die Neuankömmlinge ihre helle Haut nicht mit Fellen, sondern mit leichten und schönen Stoffen bedecken, legt sich über meinen Geist eine große Dunkelheit, wenn ich an die Zukunft unseres Volkes denke."

Von jetzt an sollte alles anders werden:

Der Wald wurde von den Neulingen großflächig gerodet, um Platz für die mit Palisaden bewehrte Siedlung, die in späterer römischer Zeit Oppidum genannt wurde, zu schaffen.

Hoch über dieser Siedlung fingen sie an, eine befestigte Burg zu bauen.

Die Brachflächen außerhalb des Moores wurden urbar gemacht und Erbsen, Bohnen sowie Emmer, Dinkel und Gerste angebaut.

Die restlichen Flächen wurden zu Weiden für die Viehzucht genutzt.

In diesen ersten Wochen nach dem Zusammentreffen des alten und des neuen Volkes im Bruch entwickelte sich ein zaghaftes Miteinander:

Gegen schöne Felle, riesige Trinkhörner aus den Hörnern der Auerochsen und den letzten noch erhaltenen Stoßzähnen der hier schon lange ausgestorbenen Mammuts tauschte man die glänzenden Messer, die so scharf und hart waren, dass die Waffen der Urbevölkerung dem nichts entgegenzusetzen hatten.

Der Fürst der neuen Herren war den Eingeborenen keineswegs feindlich gesinnt.

Er war schon in hohem Alter und seine Lebenserfahrung ließ ihn das Wissen, dass die Urmenschen hatten, durchaus nützlich erscheinen:

Sie wussten, wo das Wild am besten anzutreffen und wie es zu jagen war.

Ihnen waren die Pflanzen und ihre Wirkstoffe bekannt und die ältesten, die das Wissen der Ahnen an die Nachwelt weitergaben, waren aufgrund ihres unerschöpflichen Wissens hochgeachtet.

Doch musste er, der Herrscher war, sich immer gegen einen mindestens gleichwertigen Führer rechtfertigen: dem Druiden.

Dieser, ein stattlicher, für die damaligen Verhältnisse uralter Mann mit langem weißen Bart und weißem Umhang, war der geistige Führer des Volkes.

Er musste zu allen für das Volk wichtigen Entscheidungen vorher befragt werden.

Er interpretierte die religiösen Vorschriften anhand der Opferdarbietungen, die nicht selten neben tierischen Opfern auch Menschenopfer beinhalteten.

Er wurde immer begleitet von seinen Schülern, deren Ausbildung oft jahrzehntelang dauerte.

Die Druiden, die die oberste Gesellschaftsschicht bildeten, mussten nicht an den ständigen Kriegszügen gegen die anderen Stämme teilnehmen.

Auch deshalb war ein Platz als Auszubildender an der Seite des Alten sehr begehrt.

Sie lernten aus dem Vogelflug zu lesen, lernten alte Verse und bereiteten sich auf ihre spätere Rolle als Druiden vor:

Sie waren Lehrer, Naturforscher, aber auch Mediziner und Richter.

Mit einem Wort:

Das Wort des Druiden war mindestens ebenso mächtig wie das des alten Fürsten.

Und dieser Druide duldete keine Vermischung der beiden Völker.

Das alte Volk war zwar gutmütig, aber er verachtete ihre gedrungenen Körper und die dunklen Augen; für ihn waren sie nicht einmal als gute Sklaven zu gebrauchen.

Ihm war der Kontakt der Völker schon länger ein Dorn im Auge.

Einzig fragte er seine Leute täglich, ob sie ihm nicht von Worten oder Taten des alten Kanun zu berichten hätten.

In ihm allein sah er einen Gegner, der es wert war, gefürchtet zu werden.

Die Weiber und Kinder der Einheimischen, waren jetzt ihrer Lebensgrundlage als Sammlerinnen beraubt.

In den Lichtungen gab es keine Walderdbeeren, Him- oder Brombeeren mehr, da das Vieh alles abgraste und der Wildwuchs sauber entfernt wurde.

Sie sahen, wie die Weißen sogar Körner statt sie zu sammeln mit vollen Händen wegwarfen!

Und auf wundersame Weise wuchsen so schnell große Gräser heran, die voller neuer Körner waren!

Die Männer hatten ihre Lebensgrundlage als Jäger verloren.

Wild war zu Fuß für sie keines mehr zu erreichen.

Aber täglich sahen sie, wie die Jäger auf ihren zahmen Wildpferden morgens im Wald verschwanden.

Nach ein paar Stunden sah man, wie sie Rehe, Wildschweine und Hasen, die die Reittiere mühelos zusammen mit dem Jäger auf dem Rücken heimtrugen, ihrem Fürsten brachten.

Dieser verteilte die Beute nach seinem Gutdünken und war nicht zuletzt dadurch hochgeachtet.

Regul und seinen Männern blieb nur, sich den neuen Herren anzudienen und von dem, was für sie abfiel, zu leben.

Sie waren nur geduldet, aber nicht gleichberechtigt.
Heimatlos in der eigenen Heimat.

Zu Beginn des Sommers jedoch merkten sie, wie die neuen Herren immer geschäftiger wurden.

Alles wurde geschmückt, es wurde Holz beigeschafft und ein großes Feuer auf dem Platz vor der halb fertigen Fürstenhalle vorbereitet.

Sie nannten es Sonnenwendfest.

Es sollte zu Ehren ihres größten Gottes, des Sonnengottes stattfinden.

Erstmals zu diesem Anlass erschien der alte Druide persönlich in Begleitung von mehreren Kriegern bei der alten Linde und lud den dort wie immer sitzenden Kanun zusammen mit seiner ganzen anwesenden Sippschaft als Ehrengäste zur Feier, die am morgigen Abend stattfinden sollte.

Als Dolmetscherin fungierte die Tochter des Stammesführers der nächsten Nachbarn nördlich des Bruches.

Sie war die Großnichte des Schamanen.

Gekleidet in ein Gewand aus ganz feinem Stoff, dass ihrer Figur schmeichelte und geschmückt mit gelb glänzenden Schmuckringen und Armreifen war sie fast nicht mehr als Angehörige des alten Volkes zu erkennen.

„Onkel, lege deinen Groll gegen die neuen Nachbarn ab! Sie bringen nur Gutes mit sich und führen nur Gutes im Schilde.

Sieh nur, wie viele es sind!

Alle werden sie satt, alle haben Schutz und ein Dach über dem Kopf und über sie wacht ihr Fürst und der Druide, die sie vor allem Unheil schützen!

Mit allem was sie besitzen und wissen, sind sie dem unseren weit überlegen.

Von ihnen zu lernen heißt, mit ihnen eine große Zukunft auch für unser Volk zu eröffnen!"

Selbstgefällig vernahm der Druide die begeisterten Worte des Mädchens und nickte dem alten gütig zu, als sie sich auf den Heimweg machten.

Doch der Alte hatte während der Worte des Mädchens die ganze Zeit den Blick des Druiden im Auge.

Eine unheimliche Ohnmacht und Leere hatte sich in ihm breitgemacht.

Auf einen Schlag wurde ihm bewusst, dass es für die seinen keine Zukunft geben konnte.

Dieser alte weiße Mann würde es nie dulden, dass sie neben seinem Volk existierten.

Doch was sollte er, der für die Zukunft seiner Leute verantwortlich war, zu ihnen sagen?

Dass sie keine Zukunft hätten?

Obwohl es die Wahrheit war?

Sie würden ihn sowieso nur auslachen.

Mit seinem bisschen Wissen und Hokuspokus war er dem Druiden in allen Belangen unterlegen.

Er riet ihnen schließlich, zwar weiterhin zaghaft den Kontakt zu den neuen zu suchen, aber bat sie inständig, wenigstens morgen Abend nicht zu dieser Feier zu gehen.

Wie erwartet, schlugen sie alle seine Warnungen in den Wind und machten sich am nächsten Mittag auf den Weg zum Fürstensitz.

Nur der Anführer trug noch stolz seinen schönsten Umhang aus weißem Wolfsfell, alle anderen hatten Kleider aus dem mit den getauschten neuen Stoffen, Felle galten jetzt als schäbig.

Als sie angekommen waren, wurden sie freudig vom Sohn des Fürsten begrüßt.

Er war im gleichen Alter wie Ellem und sie hatten sich in den letzten Wochen zaghaft angefreundet.

Der Fürst lud den Jungen, seinen Vater Regul und seine Männer ein, zu Ehren des Sonnengottes noch einen kurzen Jagdausflug zu machen.

Das war eine Ehre für sie.

Sie hatten Angst vor den Pferden der Weißen und hielten bisher stets respektvoll Abstand.

Heute aber sollten sie erstmals selbst auf den Pferden reiten.

Das ließ sich Ellem nicht zweimal sagen und im Nu war er mit seinem Freund der Jagdgesellschaft voraus galoppiert.

Der Druide lächelte ihnen noch gütig zu, als sie an ihm vorbei jagten.

Erst gegen Abend kam die Jagdgesellschaft wieder am Festplatz an.

Immerhin hatte man einen stattlichen Hirsch erlegt; das Geweih würde sich gut in der Sammlung an der Wand der Festhalle machen.

Sie kamen noch rechtzeitig zum Beginn der Opferzeremonie.

Alle Kelten hatten heute Abend helle und weiße Kleider an, alles war sehr feierlich.

Die Gesänge wurden immer lauter und wilder und schließlich brachen Musik und Gesang abrupt ab und der Druide ergriff das Wort.

Ellem lauschte ergriffen von der sonoren Stimme und der Feierlichkeit der Worte, auch wenn er sie nicht verstand.

Noch nicht. Er wollte sie lernen.

Dann begann die Opferzeremonie:

Schafe, Ziegen, ein Kalb und ein Fohlen wurden an den großen Opferstein, der wie die Burg aus dem schönen roten Sandstein aus der Umgebung gehauen war, feierlich herangeführt.

Die Tiere wurden beruhigt, dann wurde ihnen mit einem Schnitt die Halsschlagader geöffnet und ihr Blut in einer goldenen Schale aufgefangen.

Bei der Opferung des größten Stieres zu Ehren des Sonnengottes waren die abgeschlagenen Köpfe der Angehörigen des alten Stammes sorgfältig sortiert nach Frauen und Kindern um die Kultstätte herum auf Stöcken aufgestellt.

Ihre Männer, die kleiner waren als die Kelten, konnten erst gar nicht erkennen, was sich abspielte.

Auf Weisung des Druiden überwältigten jeweils vier Keltenkrieger einen der Jäger des alten Volkes, die markerschütternde Schreie ausstießen, als sie realisierten, dass ihre geliebten Frauen und Kinder abgeschlachtet worden waren.

Unter dem Gejohle der Menge trat man ihnen in die Kniekehlen, so dass sie sich hinknien mussten und schlug auch ihnen augenblicklich die Köpfe ab.

Die Köpfe der Kinder und Frauen wurden im Zenit des Festes unter großem Jubel der Feiernden dem Feuer übergeben.

Die Schädel der Männer dienten noch monatelang als Trophäen und Zeichen einer siegreichen Landnahme.

Damit hatte das alte Volk nach tausenden von Jahren aufgehört zu existieren.

Nur der uralte Kanun, der der letzte Schamane des einst glücklichen Volkes der heutigen Sickinger Höhe gewesen war, hatte nicht am Fest teilgenommen.

Er hatte ja immer wieder von schwarzen Vorahnungen berichtet, aber seine Leute hatten ihm keinen Glauben geschenkt.

Zu schön und verlockend war all das gewesen, was sie von der neuen Welt und der ach so strahlenden Zukunft mit ihren Errungenschaften sahen.

Alles Alte war auf einmal schäbig und überkommen.

Sie hatten irgendwie schon begriffen, dass sie sich anpassen oder zu Grunde gehen müssten.

Doch sie waren ein Naturvolk gewesen.

Im Einklang mit der Natur und den vorhandenen Ressourcen hatten sie im Sinne des großen Geistes und immer auch der Seelen der Ahnen sich nie über die Schöpfung gestellt.

In allen Auseinandersetzungen mit den anderen Stämmen oder auch der Jagd war Auslöschung ein absolutes Tabu.

Mit dem Aufkommen neuer Waffen und den Fertigkeiten der neuartigen Anbaumethoden war es den modernen Völkern möglich, statt ein paar Familien tausende Sippen zu ernähren und zu beschützen.

Was später den Indianern millionenfach widerfuhr, löschte auch in unserer Heimat die Spuren und die Erinnerung an menschliches Leben und Wirken tausender Jahre aus.

Noch Jahre später erzählten sich die neuen Herren Geschichten von unheimlichen Verwünschungen und tieftraurigen und sehnsuchtsvollen Erinnerungen, die der alte Kanun in hellen Vollmondnächten von den Hängen der Höhe hinunter ins Bruch und damit ins Dunkel der Vergangenheit seines Volkes schleuderte.

Erst als nach langer Zeit auch seine Stimme verstummt war, war mit ihm das ganze Wissen und die Geschichte eines Stammes für immer verloren.

Einige Generationen später wurden die Kelten westlich des Rheins, also auch die Kelten des Bruchs, von den Römern „zivilisiert":

Heute ist nur noch zwischen Landstuhl und Kindsbach der Heidenfelsen erhalten, ein uraltes Quellheiligtum, das schon von den Kelten genutzt und von den Römern übernommen worden war.

Das gallische Bruch

Es waren unruhige Zeiten geworden im Bruch.

Über einhundert Generationen schon lebten die Nachfahren der ersten Kelten, die den alten Fürstensitz am Nanstein errichtet hatten, hier in dieser schönen Gegend.

Sie hatten Generation für Generation das Land urbar gemacht, den Wald zurückgedrängt und versucht, das riesige Moor trocken zu legen.

Kelten wurden sie von den Römern genannt.

Sie selbst hatten aus vier großen Teilstämmen den großen Stamm der Helvetier gegründet.

Von den Alpen über den Bodensee und westlich des Rheins nach Norden galt das Land im heutigen Südwestdeutschland als Helvetien.

1.700 Jahre später, als deren Nachfahren schon die heutige Schweiz gegründet hatten, sollten wieder Helvetier ins nach dem Dreißigjährigen Krieg entvölkerte Bruch einwandern.

Doch nochmal 1.700 Jahre zurück:

Genau wie die von ihnen vor tausenden von Jahren ausgelöschte Urbevölkerung wären auch unsere Kelten in Vergessenheit geraten, hätten nicht die Geschichtsschreiber der Antike Grund gehabt, sich ihrer anzunehmen:

Im römischen Reich, wo die Geschichtsschreiber wohnten, nahm bisher niemand Notiz von den Vorgängen nördlich von Alpen und Pyrenäen.

Doch langsam aber unaufhörlich drängte das Bruch aus dem Dunkel der Vorzeit ins Licht der Geschichte.

Die Treverer, ein keltischer Stamm, der in der Moselgegend um das nach ihnen benannte Trier heimisch waren, waren die nördlichen Nachbarn unserer Helvetier.

Zu den vier Teilstämmen zählten die Tiguriner und Tougener.

Niemand konnte ahnen, dass gerade hier im Bruch die aus Dänemark und Norddeutschland kommenden Kimbern und Ambronen durchziehen sollten.

Im Jahr 115 v. Chr. hatten sie sich auf den Weg nach Süden gemacht.

Überbevölkerung, Erbstreitigkeiten und Missernten waren der Auslöser für diesen Vorläufer der Völkerwanderung.

Zwei Jahre später trafen die Kimbern im heutigen Südostdeutschland bei Noreia auf eine römische Streitmacht, die vernichtend geschlagen wurde.

Der totalen Vernichtung waren die Römer nur entgangen, als am Ende der Schlacht ein Gewitter losbrach.
Die Germanen fürchteten nichts so sehr wie den Zorn der Götter, der sich üblicherweise in einem solchen Himmelsschauspiel entlud.

Jedenfalls wandte man sich jetzt nach Westen, genau durchs heutige Landstuhler Bruch.

Auch hier hatte die immer produktivere Bestellung der Felder und der florierende Handel mit den Belgiern im Norden und den Ländern südlich der Alpen dafür gesorgt, dass die Bevölkerung wuchs und es immer wieder zu Streitereien der Stämme untereinander kam.

Da kamen die Kimbern wie gerufen:

Ein großer Teil der hiesigen Bevölkerung (Krieger, Frauen und Kinder) schloss sich mit Sack und Pack den Germanen an und man zog über den heutigen Saargau nach Westen Richtung Südfrankreich.

Das war im Jahr 111 v. Chr.

Strabon, einem griechischen Geschichtsschreiber, der zu dieser Zeit noch nicht lebte, ist es zu verdanken, dass die im Bruch ansässigen Tougener durch einen Übersetzungsfehler später als Teutonen bezeichnet wurden.

Obwohl unsere Vorfahren keltische Tougener waren, gingen sie als germanische Teutonen in die Geschichte ein.

Die Tiguriner, der zweite Teilstamm, der von hier aus mit den Kimbern mitzog, wurde geführt von Diviko.

Diesem ist zu verdanken, dass eben dieser zweite Teilstamm der Helvetier rechtzeitig den Kopf aus der Schlinge zog:

Während die Teutonen und Kimbern später über den Brenner direkt nach Italien vorstießen, wo sie vernichtet wurden, kehrten die aus dem heutigen Elsass stammenden Tiguriner schwer mit Beute beladen in ihre Heimat zurück.

Das war um 100 v. Chr.
Genau in diesem Jahr wurde Julius Cäsar geboren.

Der Germane Ariovist überquerte dreißig Jahre später den Rhein und zog hier im Bruch mit seinen

Sueben und verbündeten Stämmen vorbei Richtung Westen, wo sie sich niederließen.

Er war angeworben worden von den gallischen Avernern und Sequanern, um sie gegen die vorherrschenden Häduer und unsere Helvetier zu unterstützen.

Zehn Jahre später besiegte er hier die Haeduer, welche nun ihrerseits Caesar um Hilfe riefen.

Wieso eigentlich Cäsar?

Was hatte der mit Gallien und dem Bruch zu tun?

Ganz einfach: Macht.

Cäsar wollte schon immer an die Macht, und der Weg dahin kostete Geld. Viel Geld.

Auch wenn er aus reichem Hause stammte:

Er war sehr schnell sehr hoch verschuldet.

Also ließ er sich auf eigenen Wunsch als Statthalter nach Hispanien versetzen.

Seine Gläubiger verhinderten jedoch, dass er Rom verlassen konnte, ehe seine Schulden getilgt waren.

Erst als sein Freund Marcus Licinius Crassus (derjenige, der den Aufstand des Spartacus niederschlug und 6000 Sklaven entlang der Via Appia kreuzigen ließ) für ihn bürgte, durfte er Rom verlassen.

Hier im heutigen Portugal konnte er erstmals zeigen, was er konnte:

Durch aggressive Kriegsführung gegen die aufständischen Lusitaner bekam er den Ruf als kluger Stratege und vor allem hatte er durch Plünderungen ein beträchtliches Vermögen angehäuft.

Das befähigte ihn endlich, sich für das höchste Staatsamt zu bewerben: den Posten des Konsuls.

Aber Rom war noch Republik und viele Senatoren trauten Cäsar nicht über den Weg.

Also blieb ihm nur der Weg, zusammen mit Marcus Licinius Crassus und Gnaeius Pompejus Magnus ein Triumvirat zu bilden.

Man beachte die Parallelen zur Politik heute:

Cäsar hatte sich durch unzählige Rechtsbrüche unbeliebt gemacht und musste damit rechnen, nach Ablauf seiner Amtszeit als Privatmann vor Gericht gezerrt zu werden.

Also nochmal:

Auf dem Balkan war ja schon immer was los, also ließ er sich für die Provinz Illyrien auf dem Balkan als Prokonsul ernennen.
Hier konnte er zeitnah mit einem prestige-trächtigen Krieg rechnen.

Was nicht geplant war:
der Prokonsul von Gallien verstarb plötzlich.

Der Senat verlieh Cäsar schadenfroh auch noch das Kommando über diese unruhige Gegend, die noch gar nicht zum römischen Reich gehörte.

Und vor allem war Cäsar weg aus Rom. Weit weg.

Jetzt haben wir wieder die Kurve zum Bruch gekriegt:

Cäsar konnte hier als Konsul eigene Truppen ausheben und auf seine Rechnung kämpfen lassen.

Und Julius Cäsar kam, sah und siegte.

In der Schlacht im Elsass 58 v.Chr. besiegten die Römer die Germanen, welche sich nun wieder über den Rhein zurückzogen.

Damit war es auch mit der Selbständigkeit der Helvetier vorbei. Auch sie wurden von Cäsar geschlagen und wurden seine Föderaten.

Cäsar beschloss, nur das Gebiet zwischen Pyrenäen und Rhein als Gallien zu bezeichnen, obwohl auch jenseits des Rheins gallische (keltische) Stämme siedelten.

Als Kelten wurden in der Antike alle Volksgruppen der Eisenzeit nördlich des Mittelmeeres bezeichnet.

Nach der Eroberung Galliens waren große Gebiete menschenleer, da nicht nur viele durch die Kämpfe umgekommen waren:

Hunderttausende wurden als Sklaven verschleppt und verkauft.

Über eine Million Gallier sollen verhungert und an Seuchen gestorben sein, da die Römer gründlich geplündert hatten.

Cäsar war jetzt auch auf Kosten der Bevölkerung im Bruch unermesslich reich und konnte wieder nach

Rom gehen, um sich zum Alleinherrscher zu machen und vom versammelten Senat erdolchen zu lassen.

Die Römer legten eine Straße an, die die Garnisonen Metz mit Worms und Mainz verband.

Diese Straße führt heute noch über Homburg, Landstuhl und Kaiserslautern durch das Landstuhler Bruch.

So wurde das Bruch schon früh fester Bestandteil des römischen Reiches.

Das Bruch hat schon immer viele kommen und gehen gesehen.

In den folgenden Jahrhunderten sahen die Menschen hier immer wieder germanische Einheiten vorbeiziehen, die den Rhein überquert hatten und nun die Pfalz und die Gebiete weiter westlich plünderten.

Oder aber ganze germanische Stämme, die auf der Suche nach Schutz und Land ins römische Reich gekommen waren.

Im vierten Jahrhundert kamen auch burgundische Krieger, die aber nicht weiter nach Westen zogen, sondern einen Vertrag mit dem römischen Kaiser aushandelten.

Sie bekamen Siedlungsland westlich des Rheins zugewiesen und sollten im Gegenzug die Grenze nach Osten verteidigen.

Die Bewohner des Bruches waren jetzt Burgunder.

Das funktionierte einige Jahrzehnte ganz gut, doch der burgundische Heerführer Gundahar versuchte, sein Gebiet, zu dem auch das Bruch gehörte, im immer schwächer werdenden römischen Reich zu vergrößern.

Sein Heer wurde aber schließlich vom römischen Heerführer Aetius geschlagen.

Ein Jahr später schickte Aetius hunnische Hilfstruppen:
Diese vernichteten das Burgunderreich am Rhein vollständig.

Die wenigen überlebenden wurden in Zentralfrankreich angesiedelt.

Um 1200 entstand daraus das Nibelungenlied:

König Gunter als Burgunder.
Etzel als Attila, der Hunne.
Dietrich von Bern als Theoderich der Große, ein Ostgote.
Brunhilde als Brunichild, eine westgotische Frankenkönigin.

Personen mehrerer Jahrhunderte und verschiedener Völker wurden zu einer Geschichte vereint.

Attila und seine Hunnen waren hier plündernd durchgezogen.

Hier bekamen sie ihren Namen:
Als er hier zu einer Rast vom Pferd abgestiegen war, soll er auf pfälzisch ausgerufen haben: „Ich bin endlich hunne!"

Ende des 5. Jahrhunderts gehörte das Bruch zum alemannischen Reich, das von den Franken unter Chlodwig besiegt wurde.

Chlodwig und seine Franken bekehrten sich zum Katholizismus:

Das führte dazu, dass das Verschmelzen mit der galloromanischen Gesamtbevölkerung im Gegensatz zu anderen germanischen Stämmen hier viel schneller und einfacher funktionierte.

Das Bruch war christlich geworden.

Ain frow mus tun, was ain mann will

heißt es in einer altdeutschen Gesetzesammlung,
durch die das männliche Privileg der körperlichen
Züchtigung bekräftigt wurde.

Guntram war vor den Schultheiß, d.h. den
Ortsvorsteher geladen worden.

Er hatte es vor Zeugen versäumt, seiner Frau Hiltrud
die förmlich vorgeschriebene Züchtigung
angedeihen zu lassen, nachdem sie ihm
widersprochen hatte.

Jetzt drohte ihm sogar ein empfindliches Bußgeld.

Schon seit Tagen musste sich der gutmütige
Guntram das Gezeter anhören. Auch die Nachbarn
waren genervt.
Nachts schrie sie im Schlaf und sie hatten gehört,
dass sie ihn einen feigen Schwanzeinzieher genannt
hatte.

Guntram besaß als rechts- waffen- und
handlungsfähiger Mann die Munt, das heißt das
Verfügungsrecht über und zugleich die Haftung für
alle Angehörigen des Hauses.
Die Wörter Vormund und Mündigkeit entstanden
daraus.

Damals gab es noch keine geschlechtsspezifische Arbeitsteilung wie in späterer Zeit.
Die Bäuerin nahm an allen Arbeiten im Haus, im Stall und auf dem Feld teil.

Hiltrud schlug Holz, säte, erntete, hütete das Vieh, leistete Dienste auf dem Fronhof und war doch gegenüber ihrem Mann deutlich zurückgesetzt.

Lediglich in der Schwangerschaft standen ihr Sonderrechte und eine gewisse Schonung zu.
Herdarbeit, Wolle spinnen, Leinen weben, Flachs und Hanf zurichten, Vorräte anlegen: das ging immer.

Und schwanger war man als gute Bäuerin auch fast ständig: die hohe Kindersterblichkeit machte das nötig, wollte man doch genügend Nachkommen haben.

Hiltrud war die zweite Frau Guntrams, die erste war im Kindbett gestorben.
Also beeilte er sich, eine neue zu finden, denn ohne eine Bäuerin war der Hof dem Untergang geweiht.

Außer dem Schragen, einer groben Tischplatte, die auf einem Gestell mit schrägen Beinen lag, gab es in dem einzigen Raum nur die Betten, die mit Strohsäcken und Fellen belegte Pritschen waren.

Man aß, schlief, liebte, ruhte, gebar und starb in diesem einzigen Raum.

Früher waren die kleinen Fensterluken durch
Flechtwerk verblendet gewesen.
Jetzt schützte die Haut von Tierblasen vor dem
Wind, was jedoch das Sonnenlicht stark
einschränkte.

Von der immer brennenden Feuerstelle stieg der
Rauch auf und erfüllte, bevor er durchs Dach
entwich, den ganzen Raum.

Die drei schlimmsten Dinge für den freien Mann
waren seit jeher ein undichtes Dach, ein böses Weib
und der Rauch.

Kaiser Karl war jetzt schon hundert Jahre gestorben.

Im Bruch erzählte mach sich große Geschichten über die riesigen fränkischen Heerhaufen, die auf dem Weg in die Schlachten gegen die heidnischen Sachsen hier vorbeizogen.

Damals war hier alles Teil des Frankenreiches Karls des Großen gewesen.

Die Zeit der Völkerwanderung war zu Ende.

In dieser Zeit waren zahllose Stämme und Völker von Norden und Osten durch das Bruch nach Gallien, weiter nach Spanien und sogar Nordafrika gezogen.

Im fünften Jahrhundert, als die Herrschaft der Römer zu Ende ging, hatte sich das burgundische Reich hier etabliert.

Die Hunnen waren hier eingefallen und hatten sogar im Bund mit den Römern das Burgunderreich vernichtet.

Die wenigen überlebenden Burgunder wurden nach Südostfrankreich deportiert, wo sie eine heute noch blühende Kulturlandschaft erschufen.

Dann waren die Hunnen und die von ihnen unterworfenen Ostgoten durch das Bruch weiter nach Westen gezogen und sich hinter Metz bei den Katalaunischen Feldern gegen die Heere Ostroms, der Westgoten und der Franken in die Schlacht gestürzt.

Attila wurde geschlagen und zog sich zurück: wieder plündernd ostwärts durch das Bruch.

Sein Reich zerfiel.

Dann hatten die Alemannen die Römer vertrieben.

Sie hielten sich hier einhundert Jahre, ehe sie von den Franken geschlagen wurden.

Jetzt waren die folgenden Generationen der damals unterworfenen und zum Christentum bekehrten Sachsen die Herrscher im Ostfrankenreich.

Westfranken wurden zu Franzosen.
Ostfranken wurden zu Deutschen.

Der deutsche König Heinrich kam, sah und weinte.

An die Ungarneinfälle hatte man sich in Süddeutschland gewöhnt.

Aber dass sie jetzt soweit nach Westen vordrangen und auf dem Weg nach Lothringen auch das Bruch verwüsteten, damit hatte niemand gerechnet.

Hiltrud hatten schon seit Tagen Visionen und Alpträume geplagt.

Sie hatte Guntram keine Ruhe gelassen mit der Warnung vor großem Unheil.

Das Geschirr, Werkzeug und die wenigen
Habseligkeiten hatten sie neben dem Schweinestall in
einer kleinen Grube verstaut und abgedeckt.

Als am nächsten Sonntag zwei panisch nach Westen
galoppierende Reiter durch die kleine Siedlung
preschten und schreiend vor den nahenden Ungarn
warnten, war Hiltrud fast erleichtert:
Also war doch was dran an ihrer Vorahnung!

Nur mit dem Nötigsten flohen sie über den Glan an
den nahen Maschberg.

Dort gab es eine kleine Sandsteinhöhle, in die sie
sich einnisteten; den Eingang verdeckten sie mit
Kiefernreisig.

Nachmittags hörten sie Lärm und Hufgeklapper wie
von tausenden Pferden.

Schreie und fremd klingende Melodien klangen von
fern in die kleine Höhle.

Als Guntram am nächsten Morgen nach schlafloser
Nacht nach seinem Haus schauen wollte, hielt sein
Weib ihn mit angsterfüllten Augen zurück; er solle
wenigstens bis zum Abend warten.

Das mit dem Schwanzeinzieher hatte sie nicht so
gemeint und ohne ihn könne sie nicht leben, sagte
sie zu ihm, was natürlich auch stimmte.

Als er in der Abenddämmerung zum Gehöft schlich, fand er nur noch ausgebrannte Ruinen.
Die Nachbarn waren allesamt- auch die Kinder- aus den Häusern gezerrt und getötet worden.

Auf einen Schlag war er und Hiltrud im Besitz von acht Hufen!

Eine Hufe bestand aus ca. fünf Hektar.
Ein Hektar bestand aus drei Tagwerken, also hatte Guntram 120 Tagwerke zu bestellen, für ihn allein unmöglich.

Den nächsten Tag verbrachten beide damit, die Toten einigermaßen angemessen zu bestatten.
Wenigstens war die Sache mit dem Gang zum Schultheiß jetzt kein Thema mehr, er war auch unter den Toten.

Dessen Haus war nur zum Teil ausgebrannt, da zogen sie jetzt ein.

Sie hatten nochmals Glück:
Die Ungarn nahmen auf dem Rückweg von ihrem Plünderungszug eine andere Route.

Ihr jüngster Sohn- Karlmann, war schon immer größer und kräftiger als seine beiden Brüder.
Er hatte sowieso keinen Anspruch auf das Hoferbe; er wäre Knecht geworden.

Da seine Eltern nun ein großes Gut bewirtschafteten und mit der Zeit recht viele Knechte und Mägde ernähren konnten, mussten sie für den Sohn von König Heinrichs- König Otto- einen der neuen vom König geforderten Panzerreiter samt Pferd und teurer Ausrüstung und Bewaffnung stellen.

Karlmann aus dem Landstuhler Bruch war dabei, als die ungarischen Reiter auf dem Lechfeld bei Augsburg vollständig vernichtet wurden.

Das Reich hatte ein für alle Mal Ruhe vor weiteren Einfällen der Ungarn, sie wurden sesshaft und wurden von ihrem König Stephan christianisiert.

Schwarzer Tod

Es waren die letzten sonnigen Tage im Juli gewesen und sie hatten sie gut genutzt.

Die Kinder und Mägde saßen oben auf den Karren auf dem losen Heu und sangen fröhliche Lieder auf der gemächlichen Fahrt stadteinwärts. Die Burschen führten die Ochsenkarren und freuten sich wie alle auf das abendliche Fest nach Einbringen des Heus.

Um Landstuhl herum bis hoch zur Burg Nanstein führte die große Ringmauer, seit Kaiser Barbarossa vor 200 Jahren die Burg errichten ließ.

Innerhalb des ganzen Geländes waren Schober aufgebaut, wo genügend Heu und Stroh für den langen Winter lagern konnte.

Die Kühe, Pferde, Schafe und Ziegen weideten teils innerhalb der großen Ringmauer, zum großen Teil jedoch außerhalb der Stadt, wo die meisten Höfe lagen.

Ja, Stadt durfte sich Landstuhl seit 20 Jahren nennen!

Man war stolz darauf, auch darauf, dass man mit Einführung der Dreifelderwirtschaft vor hundert Jahren die landwirtschaftliche Produktion gesteigert und wie überall in Europa für eine regelrechte Bevölkerungsexplosion gesorgt hatte.

Die Bevölkerung hier hatte sich wie in ganz Europa in den Jahren 900 bis 1300 vervierfacht.

Die Kreuzzüge waren beendet und seit einem Jahrhundert hatte es in Westeuropa keinen nennenswerten Krieg mehr gegeben.

Überhaupt war die Stimmung im Bruch jener Zeit sehr positiv; die verkrusteten Strukturen waren am zerfallen.

Jetzt im Spätmittelalter verlor die Königsmacht immer weiter an Gewicht zu Gunsten der geistlichen und weltlichen Fürsten.

Die Zeit, als die Leibeigenen sagten „Stadtluft macht frei" und sich in die Städte flüchten mussten, war vorbei.

Trotzdem waren die Bauern im Bruch alles andere als frei, was 200 Jahre später zu den Bauernkriegen führen sollte.

Auch auf dem Katzenbacher Weilerhof hatte man das letzte Heu rechtzeitig ins Trockene gebracht und der Bauer Weiler war zufrieden mit sich und der Welt.

Sie hatten vier Schweine, zwei Ochsen, drei Kühe für die Milch und sogar ein Pferd. Schafe für die Wolle, zwei Ziegen und einen Bock, Hühner, Enten, Gänse.

Das Korn auf dem Acker war prächtig anzusehen und die Bäuerin mit ihren Mägden hatte ein gutes Händchen mit dem Bauerngarten.

Nur der Hofhund war nicht so gut drauf, man sah ihn sich ständig überall kratzen.

Und das kam so:

Damals wie heute gab es überall, wo es Nahrung gibt, Mäuse und auch Ratten.

Die Rattenkolonie auf dem Weilerhof und drum herum war nicht besonders groß; um die hundert Tiere werden es gewesen sein.

Und zu jeder Ratte gehörten damals wie heute zwei, drei Flöhe, die auch von etwas leben wollen.

Nur war jetzt etwas anders:

Nach und nach starben immer mehr Ratten und die Kolonie wurde kleiner. Die armen Flöhe mussten sich immer weniger Ratten miteinander teilen.

Nach zwei Wochen waren so viele Ratten tot, dass sich hunderte Flöhe eine Ratte teilen mussten und schließlich, nachdem alle Wirtstiere gestorben waren, zu hungern begannen.

Nach drei Tagen hielten es die kleinen Hüpfer nicht mehr aus und sie begannen, das Rattennest zu verlassen und verzweifelt andere Wirtstiere zu suchen.

Der erste, dem sie auf diesem Weg begegneten, war der Hofhund heute Morgen gewesen.

Er war dem Geruch der verwesenden Ratten im Nest nachgegangen.

Ausgehungert, wie sie waren, drangsalierten sie das arme Tier, das sich nicht zu helfen wusste als mit seinem Gekratze.

Sein bester Kamerad war der alte einäugige Knecht, der sich immer um ihn kümmerte.

Als er nach ihm sehen wollte und ihn streichelte, bemerkte er das Gewimmel auf dem armen Hund und schon wurde auch er massenhaft von den ausgehungerten Viechern gebissen.

Er hatte jedoch eine Engelsgeduld und begann, stundenlang die Flöhe zu fangen und zu zerdrücken. Für sein Alter hatte er noch ein erstaunlich gutes Auge.

Nach drei Tagen ging es dem Alten auf einmal gar nicht gut:

Er bekam hohes Fieber, wurde immer schwächer und hatte große Schmerzen.

Hätte man ihn untersucht, hätte man die großen Beulen in seinen Achselhöhlen gesehen. Aber warum sollte man ihn ausziehen, er hatte doch so kalt!

Nach weiteren zwei Tagen hatte sich aus der Beulenpest eine Pestsepsis entwickelt und zu einer Lungenpest geführt.

Seine Lippen färbten sich blau, er hatte Atemnot und hatte extreme Schmerzen beim Abhusten des schwarz- blutigen Auswurfs. Drei Tage später versagte sein Kreislauf und er war tot.

Ab der Entwicklung der Lungenpest waren die Flöhe raus: Die Lungenpest wird durch Tröpfcheninfektion übertragen und es waren einige Menschen da gewesen, die der Knecht direkt angehustet hatte.

Der Verlauf der Lungenpest ist auch viel heftiger als bei der Beulenpest, da durch direkten Befall der Lunge die Abwehrmechanismen des Körpers wie die Lymphknoten umgangen werden.

Wie dem auch sei: Der gute alte Knecht war tot und wurde aufgebahrt.

Von der Infektion der ersten Ratte der Kolonie bis zu seinem Tod waren vier Wochen vergangen.

Die alte Käthe und die Bäuerin hatten sich bei der Krankenwache abgewechselt.

Jetzt, bei der Totenwache, waren die Mägde an der Reihe.

Bei der Begräbnisfeier drei Tage später waren über fünfzig Menschen von den umliegenden Höfen gekommen; der Tote war ja allseits beliebt gewesen.

Man war wer, und ein Bauer, der was hat, hat auch ein anständiges Leichenims auszurichten!

Man saß eng beisammen, aß, trank und erzählte sich Geschichten von früher.

Wenige Tage später gab es erste Fälle innerhalb der Stadtmauer von Landstuhl.

Immer mehr Menschen bekamen schreckliche Schmerzen, Beulen am ganzen Körper, vor allem aber in den Achseln und im Schambereich.

Die meisten spuckten schwarzes Blut, bekamen keine Luft mehr und verreckten elendiglich.

Das Vieh starb.

Die Menschen starben wie die Fliegen.

Jeder hatte Angst.

Was sollte man machen?

Wo kam die göttliche Strafe bloß her?

Die Toten wurden anfangs noch begraben, doch nach zwei Wochen war das nicht mehr möglich.

Aus dem nahen Frankreich wurde der neuartige Versuch unternommen, potentiell Infizierte zu isolieren, und zwar für vierzig Tage.   (französisch: quarantaine de jours = vierzig Tage)

Der Begriff Quarantäne etablierte sich bis heute.

Die Mediziner hielten sich zwar für aufgeklärter als früher, aber man glaubte immer noch an die antike „Viersäftelehre": Gelbe Galle und Blut für warm, schwarze Galle und Schleim für kalt.

Bei Fiebererkrankungen wie dieser musste es einen Überschuss an Gelber Galle und Blut geben, daher war von der damals führenden Medizinischen Fakultät Paris vorgeschrieben:

Bei Auftreten von Pestbeulen war an acht vorgeschriebenen Stellen des Körpers ein Aderlass durchzuführen.

Auch wurden Pestbeulen mit Salben getrocknet und dann aufgeschnitten.

Da der Krankheitsverlauf begleitet war von furchtbar fauligem Geruch, versuchte man, sich mit wohlriechenden Kräutern und Räuchermaßnahmen zu helfen.

Liebende Ehegatten ließen den anderen einfach liegen, weil man zwar helfen, aber sich nicht auch anstecken wollte.

Keiner wusste, dass die allgegenwärtigen Ratten und Flöhe, die es selbstverständlich auch in jedem Haushalt in Dorf und Stadt gab, der Auslöser waren.

Eltern ließen ihre geliebten Kinder ohne Pflege zugrunde gehen.

Schwestern und Brüder mieden einander, jeder wollte jeden Kontakt vermeiden.

Die Sterblichkeitsrate bei der Corona-Epidemie lag bei ca. einem Prozent.

An der Pest starb damals mindestens jeder zehnte in Europa; mancherorts gab es keine Überlebenden.

Die Menschen wurden wahnsinnig vor Angst und Verzweiflung.

Die Kirche war keine Hilfe:

Die Priester, die ihre Aufgabe gewissenhaft ausführten, starben allesamt am Anfang der

Epidemie, da sie die ersten Sterbenden pflichtbewusst auf ihrem Weg begleiteten und sich so als erste infizierten.

Trotzdem musste diese Strafe gottgewollt sein!

Flagellanten zogen umher und geißelten sich beim Singen geistlicher Lieder.

Dann gab es andere Überlebende, die mit Musik, Tanz und willenlosem Geschlechtsverkehr die Zeit bis zum sicheren nahen Ende nutzen wollten.

Die Vollstrecker und Diener der kirchlichen und weltlichen Macht starben ja gleichermaßen, also konnten sich die wenigen Überlebenden erlauben, was sie wollten.

Wie üblich, mussten die Randgruppen der Gesellschaft, vor allem die Juden, die bis jetzt überlebt hatten, als Sündenböcke herhalten.

Es ging das Gerücht, die Juden hätten das Wasser vergiftet.

Mit dem gleichen Wahnsinn, mit dem man hilflos den sterbenden Angehörigen gegenüberstand, kannte man jetzt keine Grenzen bei der Grausamkeit, mit dem man die Juden aus den Häusern holte, totschlug und verbrannte.

In Landstuhl und ganz Mitteleuropa gab es nach der großen Pestepidemie 1353 nur noch wenige Juden.

Irgendwann starben nur noch wenige Menschen, im Winter war die Epidemie vorbei.

Ganze Dörfer und unzählige Gehöfte waren vollkommen verwaist und die Natur holte sich in den folgenden Jahren einen Teil der Felder und Wiesen zurück.

Noch jahrelang waren die Überlebenden gefangen in einer Mischung aus tiefer Trauer, Lethargie und Verzweiflung.

Irgendwann siegte doch die Erkenntnis, überlebt zu haben.

Das Leben im Bruch musste weitergehen und sie machten sich ans Werk.

Fränzje

Das war´s dann wohl:

Der Burgfried krachte dröhnend und in einer
riesigen Staubwolke in sich zusammen.

Bis gestern hatten sie gedacht, standhalten zu
können, aber sie hatten die neue Zeit und die
Reichweite der neumodischen Artillerie unterschätzt.

Es Fränzje war verwundet, irgendwas mit einem
Holzsplitter, das hatten sie gehört.

Sie waren die letzten beiden Scharfschützen, die
übrig waren und hatten sich in Erwartung des
Sturmangriffs an den westlichen Schießscharten
vorbereitet:
doch anstatt der vorstürmenden kurtrierischen
Söldnern flogen ihnen immer mehr Kanonenkugeln
um die Ohren.

Die Burg Nanstein, die stolz das Landstuhler Bruch
überragte, wurde gnadenlos in Schutt und Asche
gelegt.

Franz von Sickingen hatte die Burg, die schon um
1160, also vor fast vierhundert Jahren, von Kaiser
Barbarossa errichtet wurde, in den Jahren zuvor

aufwändig in eine moderne Kanonenburg umbauen lassen.

Dadurch sollte sie den neu aufkommenden Geschützen Stand halten.

Unterhalb der Burg hatten sich die Söldnerheere von Kurmainz und Kurtrier verschanzt und schonten die teuren Söldner, indem sie die neuen Artilleriegeschütze die Arbeit machen ließen.

Ulrich von Hutten hatte zwei Jahre zuvor wortgewaltig den Pfaffenkrieg ausgerufen und Franz von Sickingen ließ sich von 600 fränkischen und oberrheinischen Rittern zum Bundeshauptmann der brüderlichen Vereinigung wählen.

Der Lauf der Zeit hatte sich gegen sie gewandt: Sie, die stolzen Ritter, entstanden aus König Ottos Panzerreitern, wurden nicht mehr gebraucht.

Der Kaiser setzte auf moderne Waffen mit großer Reichweite und nie gekannter Durchschlagskraft; die Kampfweise der gepanzerten Ritter war nicht mehr gefragt.

Seit längerem hatten die Fürsten die Gerichtsbarkeit an ihre Höfe verlegt, dadurch gingen den Rittern die ihnen zustehenden Gerichtsgebühren durch die Lappen.

Der Zehnten, die ausschließlich auf Naturalien basierende Abgabenwirtschaft, brachte bei weitem nicht mehr so viel ein, um ein standesgemäßes ritterliches Leben zu führen.
Stadtluft machte frei, die Untertanen zog es in die Städte.

Viele Ritter erniedrigten sich zum Hofdienst, um als Stiefellecker am Hof ihrer Fürsten zwar ohne viel Würde, aber wenigstens anständig entlohnt ihr Dasein unter dem jetzt wertlosen stolzen Namen zu fristen.

Auch das Fehderecht, ein Monopol der Ritterschaft, war abgeschafft worden.

Franz hatte es übertrieben:
Der Pfalzgraf vom Rhein, Ludwig der Friedfertige, duldete lange die verschiedenen Fehden, die Franz vom Zaun brach.

Götz von Berlichingen hatte Franz beim Streit mit der Stadt Worms unterstützt, doch Kaiser Maximilian wurde es zu viel:
Er sprach über Franz die Reichsacht aus.

Stolz und unbeugsam wie er war, musste er doch seinen Lebensstandard halten:

Er begab sich in den Dienst des französischen Königs Franz und eroberte Metz für Frankreich.

Er lieferte sich erfolgreich mit Frankfurt, Worms, Lothringen und Metz Fehden und steigerte damit seinen Wert:

Der Kaiser nahm ihn wieder in seine Dienste, da er ihm in französischen Diensten zu gefährlich geworden war.

Jetzt hatte er sich mit den Pfaffen von Kurtrier angelegt. Diese hatten sich mit anderen verbündet.

Heinrich und Ottfried, zwei Landsknechte aus Queidersbach, hatten Anstellung bei den sickingischen Schützen gefunden.

Ottfried musste fort vom elterlichen Hof, weil ihm als viertgeborener nur die Stellung als Knecht blieb. Bei der obligatorischen Keilerei nach dem Kerwebesäufnis hatte er es übertrieben und seinem ältesten Bruder und Hoferben ein Auge ausgeschlagen.

Heinrich hatte die Tochter des Ortsvorstehers entjungfert und die hatte es ihrer Mutter erzählt.

So sind sie mit der sickingischen Armee losgezogen und hatten erst Blieskastel und dann St.Wendel eingenommen.

Aber an der Belagerung von Trier wurde deutlich, dass Franz zwar formal alles richtig gemacht hatte:

Er hatte von seinem Fehderecht Gebrauch gemacht und nach der geltenden Frist von drei Tagen den Fehdebrief gegen den Bischof von Trier verkündet.

Doch die restliche Ritterschaft des Reiches hatte abgewartet, wie sich die Dinge entwickeln und jetzt, wo sich zeigte, dass die reichen Pfaffen sich bessere Söldnerheere leisten konnten, war Franz plötzlich auf sich allein gestellt.

Er musste sich auf die Burg Nanstein zurückziehen.

Als Repressalie erhöhten kurpfälzische Beamte 1522 den Damm des Scheidelberger Wooges, ca. 600 Morgen sickingische Wiesen wurden überschwemmt.

1455, in dem Jahr, in dem Johannes Gutenberg die Gutenberg-Bibel druckte, wird erstmals der Scheidelberger Woog urkundlich erwähnt.

Der Scheidelberger Hof und die gegenüberliegende Scheidelberger Mühle lagen zwischen Miesau und Hutschenhusen an einem riesigen Weiher.

Auf dem Damm, der den Woog aufstaute, trafen früher Worms- Nahe- und Bliesgau zusammen.

Scheid ist ein alter Begriff für eine oder mehrere Landesgrenzen, daher Scheidelberger Woog.

Angelegte Schanzen begründeten im Laufe der Zeit die Umbenennung in Schanzer Hof und Schanzer Mühle.

Der Trierer Erzbischof Richard, Landgraf Philipp von Hessen und Pfalzgraf Kurfürst Ludwig blieben ihm auf den Fersen und belagerten die Burg.

Das hatte es bis dahin noch nicht gegeben: an einem Tag schossen über 600 Kanonenkugeln die Burg sturmreif.

Am 2 Mai 1523 stand Ritter Franz an einer Schießscharte, als genau dort eine Kanonenkugel einschlug und die einstürzenden Balken ihn unter sich begruben. Ein großer Splitter spießte ihn auf.

Fünf Tage später erlag er seinen Verletzungen.

Die überlebenden Söldner in seinen Diensten fanden Anstellung bei der Konkurrenz.

In den folgenden Jahren bauten die Nachfahren von Sickingens die Ruine wieder auf.
Um 1600 stand auf dem Berg ein prächtiges Renaissanceschloss.
Schloss und Stadt Landstuhl umschloss eine durchgehende Ringmauer.

1616 wurde der Woog abgelassen; ca. 8000 Karpfen wurden als Besatz geschätzt. Aufgestaut wurde er nicht mehr, der jetzt folgende Dreißigjährige Krieg 1618 – 1648 hinterließ das Gebiet menschenleer.

Bauernkrieg

Der junge Rollo war nicht mehr zu beruhigen.

Zwei Landsknechte hatten Mühe, ihn zu bändigen.

Er hatte gerade mit den anderen Frohndienern Sandsteine von der vor kurzem zerstörten Burg Nanstein zum Ausbessern der Friedhofsmauer nach Ramstein geschleppt.

Als er auf den heimischen Hof kam, sah er nur noch, wie sein Vater von den Landsknechten des Kurfürsten niedergeknüppelt worden war.

Er hatte den fälligen Zehnten nicht bezahlen können.

Nachdem die Mutter ihren Sohn angefleht hatte, sich zu beruhigen, aus Angst, er würde mitgenommen und weggesperrt werden, schafften sie den schwer verletzten Vater ins Haus.

Rollo kannte noch die Geschichten von den Generationen vor ihm, die den Hof bewirtschafteten:

Sie waren freie Bauern gewesen.

Damals gab es noch die Allmenden:

Gemeindeflur als gemeinsames Eigentum.

Jeder konnte dort unter Absprache unentgeltlich Felder bestellen oder im Gemeindewald Holz schlagen. Aus dem riesigen Scheidelberger Woog konnte man fischen und den Fang verkaufen.

Je fleißiger die Bauern arbeiteten, desto mehr Ertrag kam ihnen zu Gute.

Einzig den traditionellen Zehnten mussten sie bezahlen: und zwar direkt an den Pfarrer, da der Zehnten der Kirche zustand.

Jetzt war es so, dass in der Pfalz über 90 Prozent des Zehnten gar nicht mehr an die Kirche gingen. Die Pfaffen hatten den Zehnten an Geschäftsleute verpachtet.

Damit hatte die Kirche ein geregeltes Einkommen und die Pächter bekamen den Zehnten der Bauern, der ja in Naturalien zu leisten war.

Missernten, die immer wieder vorkamen, gingen die Kirche nichts mehr an, das Risiko lag bei den Pächtern.

Denen war wiederum das Seelenheil der abgabepflichtigen Bauern egal. Sie hatten schließlich das Recht und damit die Landsknechte auf ihrer Seite und nahmen sich, was ihnen zustand.

Die Landbevölkerung war immer noch streng gläubig und es hatte ihnen nie etwas ausgemacht, nach Landstuhl zur Zehntenscheune zu gehen und die fälligen Abgaben der Kirche zu übergeben.

Jetzt musste man die hart erarbeiteten Früchte in die Hände von windigen Geschäftemachern und Wucherern abgeben, die immer mehr und mehr verlangten.

Mit der Zeit waren auch durch die Realteilung die Höfe kleiner geworden: bei mehreren Söhnen wurde der Grund aufgeteilt. Mit wenig Land lässt sich eben wenig erwirtschaften.

Also hatte noch der Großvater erlebt, wie die wirtschaftlichen Probleme und auch Missernten dazu führten, dass die Bauern im Bruch beim Grundherrn Schulden machen mussten.

Konnte man diese nicht bezahlen, wurde man dem Grundherrn hörig. Diese Hörigkeit wurde dann auf die Kinder vererbt.

Dem Schwager auf dem Nachbarhof war es nicht gelungen, sich aus der Hörigkeit loszukaufen:

Er und seine Sippschaft waren jetzt Leibeigene geworden.

Rollo und seine Familie waren noch nicht ganz so weit unten, aber die Lage war hoffnungslos. Ständig neue Pachten und Abgaben machten ihnen täglich das Leben schwer.

Mit einem Wort:

Bei den Bauern im Bruch herrschte Hunger und Verzweiflung.

Der weltliche Herrscher im Bruch, Pfalzgraf Ludwig der Friedfertige, war bei der Bevölkerung eigentlich beliebt gewesen.

Er war immer um Ausgleich bemüht gewesen, da er wusste, dass das ganze System auf der Arbeit und der Produktivität der Bauern ruhte.

Vor zwei Jahren hatte er im Bündnis mit dem Erzbischof von Trier den Ritteraufstand Franz von Sickingens niedergeschlagen.

Es Fränzje hatte mit seinem Raubrittertum auch nicht vor den Bauern im Bruch haltgemacht.

Jetzt war diese Gefahr gebannt und die Burg Nanstein lag in Schutt und Asche, Franz war gefallen.

Die Pfaffen und Fürsten hatten in den Krieg gegen Sickingen investiert; diese Kosten holte man sich jetzt von der Bevölkerung wieder.

Fünf Jahre zuvor hatte Martin Luther seine 95 Thesen veröffentlicht.

Auch Franz von Sickingen wurde Anhänger der Reformation.

Rollo hörte den umherziehenden Predigern aufmerksam zu:

Für die Bauern war Luther der Messias!

Er bekämpfte die allgegenwärtigen Missstände in der Kirche.

Und war der Missbrauch ihrer Abgaben für den Zehnten nicht genau so ein kirchlicher Missstand?

Er hörte von den zwölf Artikeln, die die Bauern in Memmingen aufgestellt hatten:

Sie forderten, die Pfarrer selbst zu wählen und die Abgaben wieder direkt an diese zu übergeben.

Die Dienste für die Herren sollten das für die Verleihung übliche Maß nicht mehr überschreiten.

Die Pacht und die Abgaben sollten abgeschafft werden.

Und Weide- Fischerei- Holzschlag- und Jagdrecht sollten für alle wiederhergestellt werden.

Und vieles mehr, welches die Freiheiten, die die Bauern früher hatten, wiederherstellen sollte.

Rollo hatte die Misshandlungen, die sein Vater
erdulden musste, nicht vergessen. Zwei Wochen
nach dem Erntedankfest waren die Eintreiber wieder
da.

„Knut, komm raus! Oder kannst du immer noch
nicht laufen? Wir helfen dir gerne beim Aufstehen!"

Doch die ramsteiner Bauern waren diesmal gerüstet:

Fünfzehn Männer, mit Sensen und Dreschflegeln
bewaffnet, verjagten die Eintreiber mitsamt den
Landsknechten mit Schimpf und Schande in
Richtung Kaiserslautern, wo sie hergekommen
waren.

War das ein Gefühl!

Endlich Gerechtigkeit! Wenn man weiterhin
zusammenhält, kann man vielleicht doch was ändern!

Immer mehr Bauern, aber auch Handwerker und
andere Bürger, die Veränderung wollten, schlossen
sich zu immer größeren Haufen zusammen und man
wurde auch immer mutiger.

Forderungen wurden zusammengestellt und
Anführer wurden gewählt. Rollos Vater war einer
von ihnen. Sein Wort hatte Gewicht.

In Windeseile sprach sich der erfolgreiche
Widerstand hier und in vielen anderen Gegenden

herum. Nach zwei Wochen hörten sie von Aufständen im ganzen Südwesten des Reiches.

Die Teilnehmer aus dem Bruch zogen mit den Aufständischen aus der ganzen Westpfalz Richtung Vorderpfalz, wo man Bauernheere aufstellte.

Auch Pfalzgraf Ludwig war persönlich gekommen, um zu verhandeln. Er war weitsichtig genug zu erkennen, dass es hier keine Gewinner geben konnte.

Doch weder den Fürsten noch den Pfaffen war im Geringsten daran gelegen, an der Lage der Bauern etwas zu ändern. Jede Verbesserung im Leben der Bauern wäre ja zu ihren Lasten gegangen.

Die Unterhändler des Fürsten trafen sich in Nußdorf mit den Anführern der Bauern und wollten verhandeln.

Es war Pfalzgraf Ludwig wirklich Ernst, denn auch er fand, dass zumindest die Leibeigenschaft abgeschafft werden sollte.

Aber wie in jeder Revolution war es auch hier für die Führer schwer, die Kontrolle zu behalten.

Luther schrieb in seiner Schrift „Ermahnung zum Frieden", dass er das hochmütige Verhalten der Fürsten verurteile.

All das führte zu immer größerem Selbstvertrauen bei den Aufständischen. Sie begannen Klöster und Burgen in der Umgebung zu plündern. Dann kam der Schock:

Man hatte Weinsberg geplündert und den dortigen Grafen Helfenstein und seine Männer hingerichtet.

Der Graf war bei den Bauern besonders verhasst gewesen. Nun fand er und seine Ritter beim Spießrutenlaufen den Tod.

Dieser schmerzvolle Tod ging als Bluttat von Weinsberg in die Geschichte ein.

Jetzt wechselte Martin Luther die Seiten:

Er forderte die Fürsten auf, den Bauernaufstand mit aller notwendigen Gewalt niederzuschlagen:

„Man soll sie zerschmeißen, würgen, stechen, heimlich und öffentlich, wer da kann, wie man einen tollen Hund erschlagen muß!"

Jetzt war auch Kurfürst Ludwig der Friedfertige mit seinem Latein am Ende.

Er sah die Verhandlungen gescheitert und erneuerte das Bündnis mit dem Erzbischof von Trier, mit dem er schon Franz von Sickingen besiegt hatte.

Viele Adlige, die vorher noch auf der Seite der Bauern gestanden hatten, sahen jetzt die Bauern nur noch mordend und brandschatzend und stellten sich gegen sie.

Trotzdem hielten noch Ritter zu den Bauern:

Unter Führung von Götz von Berlichingen zogen 12.000 Bauern gegen die Bischöfe von Mainz und Würzburg.

Und gegen den Kurfürsten von der Pfalz.

Die Entscheidung sollte in Pfeddersheim bei Worms stattfinden.

Die Pfeddersheimer waren der Pfaffen genauso überdrüssig wie die Bauern und ließen die Bauernarmee bereitwillig in die Stadttore hinein.

Sie hatten einige Geschütze erbeutet und waren bewaffnet mit Morgensternen, Dreschflegeln, Lanzen und Spießen.

Bei Rollo hatte es nur für eine Mistgabel gereicht. Sein Vater hatte nach den fehlgeschlagenen Verhandlungen resigniert das „Heer" verlassen und sich auf den Weg zum heimischen Hof ins Bruch gemacht.

Die Heere des Fürsten und der Bauern waren in etwa gleich groß, allerdings waren die Landsknechte besser ausgebildet.

Rollo hatte von einem Turm in der Stadtmauer ausgemacht, dass die feindliche Reiterei nahe dem

Westtor ihr Lager aufgeschlagen hatte. Er stellte eine kleine Truppe zusammen und sie griffen das Lager auf dem Hügel an.

Als die anderen das sahen, stürmten über 7.000 Bauern aus der Stadt auf das westliche Vorfeld, um die Reiterei anzugreifen.

Als Rollo mit seinen Männern den Hügel erstürmt hatte, sah er erst, dass dahinter ein ihnen überlegenes Kontingent auf sie wartete.

Er schaffte es, die anderen zu warnen und sie zogen sich zu ihren Geschützen auf den Wingartberg zurück.

Von hier aus fingen sie jetzt an, den Feind zu beschießen.

Der Kurfürst blieb ruhig und wartete ab.

Keiner wusste, in welche Richtung die Bauern weiter angreifen würden. Deren Führer einigten sich schließlich:

Das gesamte Bauernheer stürmte jetzt vom Südhang auf die Hauptmacht des Feindes zu. Rollo, wie immer ganz vorne, sah, wie der Marschall von Habern mit seiner Reitertruppe hinter der Hauptmacht in Stellung ging.

Auch hier erkannte er, dass sie keine Chance hatten und sie wandten sich zur Flucht in die sichere Stadt.

Das war die Stunde der Reiterei:

Auf dem weiten Weg zum Westtor wurden im scharfen Galopp über 4.000 Bauern niedergemetzelt.

Die Schlacht war verloren.

Die Pfeddersheimer wurden aufgefordert, die Tore zu öffnen und sich zu ergeben, ansonsten würde man die Stadt sturmreif schießen.

Nichts rührte sich.

Am nächsten Morgen ging der Beschuss los.

Drei Stunden und genau 262 Schuss später ergaben sich die Bauern.

Alle Bauern, die keine pfälzischen Untertanen waren sollten die Stadt unbewaffnet verlassen.

Diesem Befehl gehorchten um die 3.000 Bauern. Als trotzdem einige versuchten, zu fliehen, richteten die Soldaten ein weiteres Blutbad an, das über 800 Bauern das Leben kostete.

Die Gefangenen mussten ihre Rädelsführer benennen, von denen 30 sofort hingerichtet wurden. Der Rest wurde unter hohen Auflagen in die Heimat entlassen.

Ludwig ließ jetzt die Stadt besetzen und die verbleibenden 180 Anführer in die Kirche sperren.

An die Bürger erging die Weisung, dass für jeden Bauern, der entkommt, ein Bürger hingerichtet werde.

Alle Versteckten mussten bis zum Morgengrauen herausgegeben werden.

Von den 180 Gefangenen wurden 24 hingerichtet. Der Rest wurde gegen Bezahlung freigelassen.

Die Strafe für die Pfeddersheimer:

Vier ihrer Anführer wurden ebenfalls enthauptet.

Alle Waffen mussten abgegeben werden und auf die Freiheitsbriefe verzichtet werden.

Die Stadt musste hohe Abgaben zahlen.

Und Rollo?

Ludwig persönlich hatte ihn wegen seiner Jugend vor der Hinrichtung bewahrt.

Ihm wurden die Daumen abgeschnitten und die Augen ausgestochen. Als er nach Hause geführt wurde und seine Mutter den gebrochenen Ehemann und den geblendeten Sohn sah, sprach sie bis an ihr Lebensende kein Wort mehr.

Bis zu 75.000 Bauern hatten 1525 ihr Leben verloren.

Die Überlebenden fielen in die Reichsacht und wurden vogelfrei. Der Rache der Strafgerichte der Landesherren waren sie schutzlos ausgeliefert.

Die siegreichen adligen Heerführer hielten sich an den Besiegten schadlos, ihr Vermögen wuchs immer weiter.

Über 1.000 Burgen und Klöster waren zerstört.

Burgen wurden keine mehr gebaut, nur noch Schlösser und Festungen. Auch die Burg Nanstein wurde in ein Renaissanceschloss umgebaut.

Im Bruch kehrte wieder Ruhe ein und für die nächsten 300 Jahre begehrte kein Bauer mehr auf.

Hochzeit im Bruch

Sie waren so ein schönes Paar!

Ihre langen braunen Haare hatte sie kunstvoll links
und rechts geflochten und der Blumenkranz duftete
nach Kamille und Lavendel.
Lila und weiß waren schon immer ihre
Lieblingsfarben gewesen.
Sie hatten Glück mit dem Wetter, es war Anfang
August und nicht übermäßig heiß.
Es roch nach frischem Heu; die zweite Ernte hatte
man gerade eingelagert.
Die Buben rannten hinter den schwarz-weißen
Ferkelchen her, die laut quiekend durch den Garten
und über die in voller Pracht stehenden Kräuterbeete
stieben.

Auf dem kleinen Teich schwammen die schon flügge
werdenden Martinsgänse, Hausenten und die
schönen bunten Wildenten.
Nur der Hahn beschwerte sich lautstark über das
Gerenne der Zwei- und Vierbeiner, das die
gestressten Hennen mit lautem Gegacker
kommentierten.

Wochenlang war der ganze Haushalt mit den
Vorbereitungen für die Hochzeit beschäftigt
gewesen:

Die beiden Knechte Ulf und Karl schnitten grobe
Bretter und zimmerten Tische und Bänke;
es sollten schließlich über einhundert Gäste
kommen!

„Je dicker die Schwarten, desto besser," raunte Karl;
„die werden ewig halten!"
„Ja, außerdem kommen ja noch ein Paar Hochzeiten,
vielleicht findest sogar du noch ein altes Buckelvieh,
das sich mit dir nicht schämen muss!"
„Halts Maul und hol Bretter, Depp," quittierte der
Angegriffene, der seit dem zehnten Lebensjahr im
Gesicht und am ganzen Oberkörper tiefe Krater von
den Schafsblattern hatte, damals leider keine
Seltenheit.
Sie hatten noch viel vor:
Die ganze Verwandtschaft aus Hutschenhusen,
Spethisbach und Katzenbach und natürlich die
Geistlichkeit wollte kommen und sich durchfressen.

Ein guter Teil des Innenhofes war schon mit grob
gezimmerten Möbeln dekoriert.
Das Wappen über dem Tor der riesigen Scheune
zeugte davon, dass vor über 100 Jahren Franz von
Sickingen den Grundstein des Gemäuers gelegt
hatte:
die fünf silbernen Kugeln derer von Sickingen in
Sandstein gemeißelt zieren noch heute den
Torbogen.

Es Fränzje führte damals die Reformation in Landstuhl und Umgebung ein: cuius regio, eius religio (wessen Land, dessen Glaube).

Daraus folgte, dass die Masse der Einwohner des Bruches Protestanten waren.
Doch die Leute hier hatten von früh bis spät genug mit ihrem Tagwerk zu tun; sie waren zwar fromm, aber nicht übertrieben fromm.

Deshalb war es möglich geworden, dass die beiden Knechte im rechten Innenhof des Gehöftes am Schanzerhof – wenn auch mit gebührendem Abstand zur Haupttafel- zwei Bänke für die Sippschaft des Bräutigams in der „Katholikenecke" aufbauten.

Eigentlich undenkbar!

Doch der Bauer und die Bäuerin waren sich einig:

Ihre älteste Tochter Linchen war nicht nur recht
hübsch, sondern auch eine gute Partie.

Bräutigam Konrad, der aus dem fernen Böhmen
geflohen war, entstammte dort immerhin dem
niederen Adel und hatte einiges an Wertsachen mit
in die Ehe gebracht.

So war das:
Als der Pfalzgraf Friedrich V. von den
protestantischen böhmischen Ständen die böhmische
Königskrone aufs Haupt gesetzt bekam, träumte er
davon, seine Kurpfalz, in der das Bruch liegt, als
führende protestantische Macht im Reich zu
etablieren.
Die Untertanen wurden natürlich nicht gefragt; sie
hatten mit den Entscheidungen der Obrigkeit zu
leben.
Konrads Familie wollte das Ergebnis nicht abwarten
und machte sich auf den Weg ins katholische
Frankreich.

Doch es kam anders:
Die Hauptstreitmacht von Friedrichs Söldnern legte
beim ersten Ansturm der kaiserlichen Katholiken
den Rückwärtsgang ein, machte sich vom Acker und
nach der verlorenen Schlacht am Weißen Berg
zerschlugen sich seine Pläne sehr schnell wieder.

Doch das alles war weit weg vom Trott im schönen Bruch gewesen und würde hier keinen der kleinen Leute belasten.

Jedenfalls verschlug es den hübschen jungen Konrad aus Böhmen in diesem ganzen Durcheinander in die westpfälzische Moorniederung.

Bei einem eigentlich als Zwischenstopp geplanten Aufenthalt auf dem florierenden Hof hatte er die schüchterne Bauerntochter kennen und lieben gelernt.
Sein verwöhnter adliger Rücken war die holprige Reise dann doch nicht gewöhnt und er hatte schwer an einem Hexenschuss zu knabbern, der ihn zwang, eine Ruhepause einzulegen.

Immerhin war er immer nach der neuesten Mode gekleidet und allein der Hut mit dem gelben Federbusch hatte auf die Sippschaft des Gehöftes mächtig Eindruck gemacht.
Die Kinder begleiteten seinen vor Schmerz gebückten Gang mit höhnischem Gelächter und Schmähliedern, aber die älteste Tochter hatte vom ersten Augenblick Mitleid mit dem Gebückten.
Liebe war damals zwar schon schön, doch Mitgift war wichtiger, und so einigte man sich.

Die Bäuerin war noch nie so glücklich:

Mit fünfzehn war sie auf den Hof verheiratet worden, die ganzen Jahre hatten sie und ihr Mann geschafft und geackert und gebaut.

Fünf ihrer zwölf Kinder hatten sie begraben müssen, aber das war halt damals so.

Jetzt war man wer:

Sie leisteten sich nicht nur einen Knecht, nein zwei!

Auch die Mägde waren gerne da und fleißig, sie hatten es hier besser als in anderen ärmeren Haushalten.

Ihr Mann war fleißig, aber auch gütig und fürsorglich für die Familie und seine Sippschaft.

Irgendwie hatten beide bei allem was sie anfingen, ein glückliches Händchen gehabt, natürlich auch dank dem lieben Herrgott.

Drei Schweine und einen Ochsen konnten sie sich leisten zu schlachten; es war unbestreitbar die schönste und größte Hochzeit im Bruch seit langem.

Die fahrenden Musikanten verstanden ihr Handwerk, und da auch sie nicht leer ausgingen, boten sie den ganzen Tag und die ganze Nacht so viel Tanzmusik, dass die Gäste mehr mit Tanzen als mit Saufen beschäftigt waren und es keine nennenswerten Keilereien gab.

Kein Vergleich zu den alljährlichen
Kerweschlägereien!

Gertrud, die zweitälteste Tochter, tanzte viel mit
einem jungen schwarzhaarigen Draufgänger: er hatte
sie einfach gepackt und sie ließen sich nicht mehr aus
den Augen.

Was er sagte, konnte sie nicht verstehen;
irgendjemand sagte ihr, das muss ein Kroate sein, die
würde man am roten Halstuch (später Krawatte
genannt) erkennen.
Aber das war Gertrudchen egal, er war ja so
charmant! Und tanzen konnte er!

Bis tief in die Nacht wurde getanzt und gefeiert; der
harte Kern der Feiernden hatte durchgemacht bis
zum Morgen.

Der Hahn, der ebenfalls eher gar nicht zur Ruhe
gekommen war, brachte als es hell wurde nur ein
unmotiviertes Krächzen hervor und verkroch sich
mit der Hauptstreitmacht seiner Hennen im
ruhigeren Gebüsch am Teich.

Stolz betrachteten sich Bauer und Bäuerin an diesem
denkwürdigen Morgen das Durcheinander, dass die
Feiernden hinterlassen hatten:
von dieser Hochzeit würde man sich noch in
hundert Jahren erzählen!

Trotzdem: Die Kühe mussten gemolken werden, Schweine, Ziegen und Pferde versorgt werden.

Nach und nach wurde die feiergeschädigte Sippschaft nach Hause in die Nachbardörfer gekarrt.

Diesen Service ließ sich die Bäuerin nicht nehmen.

Nur Gertrud war traurig: ihr heißblütiger Kroate war früh morgens gegangen und hatte noch so etwas gesagt wie er komme wieder.

Jetzt war er weg.

Nach den überaus beschwerlichen Aufräumarbeiten freute sich der ganze Haushalt darauf, heute früh ins Bett zu gehen, das hatte man sich redlich verdient. Nach dem Resteessen schlich sich jeder in seine Kammer und in allgemeiner Zufriedenheit gab man sich seinen Träumen hin.

Es war schon eine Stunde dunkel, da fingen die Hunde an zu bellen und im Hof wurde es nach und nach heller vom Schein einiger Fackeln.

Radko, Radko!

Gertrud, die vor lauter Sehnsucht nicht richtig einschlafen konnte, war als erste zur Tür gerannt und hatte, als sie ihre große Liebe erkannte, die Haustür geöffnet.

Als der Bauer und seine Frau die Stiege herunterkamen, sahen sie noch, wie der junge Mann ihrer Tochter mit einer Hellebarde den Unterleib durchbohrte.

Gertrud wollte schreien, aber vor Schmerzen und weil das Zwerchfell durchstoßen war, konnte sie keinen Ton hervorbringen und verblutete mit weit aufgerissenen Augen, ihren Traummann im entsetzten Blick.

Siebzehn Männer hatten im Nu den Hof durchforstet und noch bevor die tote Tochter gerufen hatte, im Gesindehaus die Knechte, die sich gerade am Anziehen waren, abgestochen und einer nach dem andern verging sich jetzt, je nach Rang, an den Mägden.

Der Bauer erkannte es als erster:

Die schöne Hochzeit, der zur Schau getragene Überfluss:

Der hübsche Kroate war nur die Vorhut einer Gruppe von Marodeuren, die sich als Teil des kaiserlichen Heeres herumtrieben.

Jetzt wussten sie, dass es hier etwas zu holen gab.

Die kleineren Kinder des Bauernpaars hatten nicht viel mitbekommen: sie hatten ihnen noch im Schlaf im Bett die Kehle durchgeschnitten.

Das war die erste Anweisung des Anführers
gewesen: er hasste Kindergeschrei.

„Gold, wo?"

„Mir hann nix!"

Auch wenn es stimmte, es half ihnen nichts.

Wieder und wieder prügelten sie auf den Bauern ein.

„Mir hann nix!"

Die Tür zur Küche war nur angelehnt und sie hörten
die verzweifelten Schreie der armen Mägde.
Auch der Bauer und seine Frau wurde übel traktiert.
Wieder und wieder knüppelte man sie nieder.

Jetzt räumten sie den Tisch und die Bänke beiseite,
damit sie in der Mitte der guten Stube ein Feuer
machen konnten.

„Gold, wo?"

Der wuchtige durchgängige Balken unter der Decke
kam ihnen sehr gelegen.

An ihm hängten sie den halb bewusstlosen
Hausherren an den Händen auf, so dass er mit den
Füßen über dem frisch entfachten Feuer hängte.

„Gold, wo?"

Ganz langsam ließen sie ihn mit den Füßen in die Flammen nieder.
Wieder und wieder.

Seine Schreie und die seiner Frau störten sie überhaupt nicht, sie hatten dieses Prozedere schon so oft geübt.

Man sollte gar nicht glauben, wie viel Schmerzen doch diese dummen Bauern auf sich nehmen, nur um ein paar versteckte Münzen, die den Wert ihres ganzen arbeitsreichen Lebens darstellten, nicht hergeben zu müssen.

Der ganze Raum stank mittlerweile nach verbranntem Fleisch, die Beine waren verkohlt, schließlich war der Bauer bewusstlos geworden.

Der zweite Anführer verprügelte den jungen Mann, der den Strick wieder und wieder nicht schnell genug hochgezogen hatte; es war zu ärgerlich, wenn die Delinquenten einfach so den Geist aufgaben.

Dazu braucht man eben Feingefühl.

Sie ließen ihn herunter, setzten ihn auf einen Stuhl und banden ihn fest.
Man goss ihm kaltes Wasser über den Kopf und er kam langsam wieder zu sich.

Erst mal wurde in Ruhe gegessen, der Bäuerin hatten sie das Maul gestopft, weil sie nicht mit der elenden Schreierei aufhören wollte.

Frisch gestärkt gingen sie in aller Ruhe weiter ans Werk:

Sie rissen ihr die Kleider vom Leib und banden ihr den Strick an die Füße.

Die Hände banden sie ihr auf den Rücken.

Jetzt noch das Seil über den Balken, und hochziehen, so dass sie kopfüber über der Glut baumelt.

Sie hatten mit der Zeit gelernt:

Lässt man den Weibern die Kleider an, fangen erst die Haare Feuer und wenn bei langen Haaren die Stichflamme zu groß wird reicht das, um das Kleid anzustecken und schwuppdiwupp brennt die ganze Frau.

Dann auch noch das Seil, das reißt dann und die ganze Sauerei liegt im Feuer.

Und die Arbeit war umsonst.

Hier machten sie es „besser":

Als sie sicher waren, dass ihr Mann wieder bei Sinnen war und zusieht, ließen sie sie langsam mit dem Kopf in die Glut.

Den Knebel hatte man entfernt, das Geschrei sollte Wirkung zeigen.

Die Haare fingen Feuer, das Geschrei und der Gestank war zu viel:

„Mir hann nix, mir hann nix! Losse runner, mir hann nix" rief ihr Mann mit immer schwächerer Stimme.

Jetzt langte es ihnen: allmählich wurde es anstrengend mit der Befragerei.

Sie hängten die Frau ab, bevor ihr zu viel Blut in den Kopf lief und sie ohnmächtig werden konnte.

Man hatte gut gegessen, jetzt holten sie sich einen Eimer aus der Küche, der wurde reihum gereicht und mit Urin und Fäkalien gefüllt.

Sie brachen ein Stück Besenstiel ab und steckten es dem Bauern quer in den Mund.

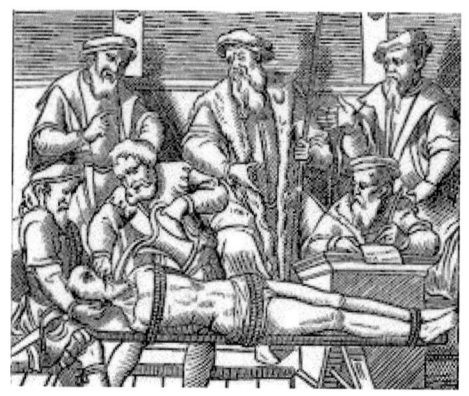

Seelenruhig wurde ihm der stinkende Inhalt des
Eimers in den offenen Rachen gegossen.
Schwedentrunk nannten sie es, aber er wirkte bei den
protestantischen Delinquenten so gut wie bei den
katholischen.

Das Abfüllen war eine Arbeit für den jüngsten der
Gruppe, er musste sich erst noch seine Sporen
verdienen.

Der gefesselte Hausherr konnte keinen klaren
Gedanken mehr fassen.

Die Jauche verätzte seine Speiseröhre.

Er glaubte zu ersticken.

Der Ekel.

Sein Magen, sein Bauch, er platzte gleich.

Und sie hörten einfach nicht auf.

Mit einem Brett schlugen sie wieder und wieder auf den Magen.

„Hann nix!" stöhnte seine Frau.

„Hann nix, hann nix!" sangen sie fröhlich und sie musste weiter zu sehen, wie sie ihren guten Mann quälten und wieder und wieder die Mägde und die einzige Tochter, die sie am Leben gelassen hatten die zwölfjährige Marie, abwechselnd auf dem Küchentisch vergewaltigten.

Es war hell geworden und die ganze Arbeit umsonst.

Es gab hier nichts zu holen.

Jeder ließ mit dem Säbel den Frust an den halbtoten Opfern aus.

Der letzte Gedanke, den die sterbende Bäuerin noch fassen konnte, war:

Das Linchen lebt noch und ist bei ihrem Konrad, der wird auf sie Acht geben.

Da waren aber schon das Linchen, der Konrad und die meisten Bewohner von Katzenbach tot.

Die Männer hatten zumindest teilweise noch
versucht, Frauen und Kinder vor der Soldateska zu
retten.

Wer Glück hatte, musste nicht mehr erleben, wie es
den Weibern erging.

Man war erst am Anfang eines drei Jahrzehnte
dauernden Krieges, der die Pfalz und Deutschland
völlig zugrunde richtete.

Der Krieg ernährte den Krieg:

Bekamen die Soldaten keinen Sold, wechselten sie
die Seiten.
Jahrelang immer wieder kämpfen, Todesangst,
morden brandschatzen.
Man gewann, verlor, tötete oder wurde getötet.

Und man nahm sich, was man kriegen konnte.
Es gab nichts anderes als Krieg.

Und die Ernährer dieses Krieges waren die Bauern.
Sie plagten sich jeden Tag, um Vieh und Essbares zu
schaffen.
Für sie gab es keinen Schutz:

Egal, ob die eigenen Landesherren oder fremde
Heere:
Jedem Tross voraus ging meilenweit ein dichtes Netz
von Marodeuren, die äußerst gründlich alles Essbare
und alle Wertsachen abschöpften.

Was nicht mitgenommen werden konnte, wurde
vernichtet:
Geschirr, Werkzeug, Möbel wurde zerschlagen.

Das Vieh wurde mitgenommen oder abgestochen.

Die Gehöfte wurden bis auf die Grundmauern
abgebrannt.
Für die nächsten Plünderer, die sicher kommen
würden, sollte nichts übrigbleiben.

Mitleid mit den Bewohnern gab es nicht.
Schon gar nicht, wenn sie sich weigerten, ihre
Wertsachen zu offenbaren.

Plündern, foltern, vergewaltigen, morden und
verschleppen waren das Tagesgeschäft.
Manche Frauen und Kinder hatten das Glück,
lebend als Beute mitgenommen zu werden.

Wer überlebte, hatte die Wahl:
Es war nichts, aber auch gar nichts mehr da.

Bleiben oder sich anschließen.
Während man verhungert, auf die nächsten
Plünderer zu warten.
Oder selbst lernen zu plündern, foltern,
vergewaltigen, morden und verschleppen und
brandschatzen.
So lernten auch die Kinder nichts anderes.

Immer wieder, im Abstand von fünf oder sechs Jahren, zogen Flüchtlinge aus dem verheerten Reich am stattlichen Gemäuer mit dem Wappen derer von Sickingen vorbei und beschlossen hier ein neues Lebenswerk zu beginnen.

Immer wieder, im Abstand von fünf oder sechs Jahren, kamen Kroaten, Spanier, Schweden, Franzosen und Söldner aus ganz Europa durch die Westpfalz.

So hatte kein Lebenswerk bestand.

Keiner war mehr da, der von einer Bauernhochzeit berichten konnte, die ihresgleichen gesucht hat.

Dunkle Zeiten

Das Bruch hatte immer wieder bewegte Zeiten gesehen.

Die Bewohner mussten sich schon immer Herausforderungen stellen, die ihre Existenz bedrohten.

Hier ein Versuch, die bewegte Geschichte zwischen Fränzje, Bauernkrieg, Dreißigjährigem Krieg und der napoleonischen Zeit einigermaßen chronologisch darzustellen:

Luther hatte die Bibel ins Deutsche übersetzt.

Jeder konnte jetzt, auch ohne Latein- das jahrhundertelang die Sprache der Gebildeten gewesen war zu verstehen- das Wort Gottes selbst lesen und interpretieren.

Überall waren neue Propheten ans Licht getreten.

Die Reformation kam ins Rollen.

Die geknechteten Bauern- auch im Bruch, hatten durch die neuen Lehren Luthers auf einmal begründete Hoffnung, aus der Leibeigenschaft zu entkommen.

Gerade in der Pfalz waren sie damals Untertanen meist geistlicher Fürsten gewesen und die Pfaffen waren nicht minder fleißig beim Ausbeuten der Landbevölkerung.

Angestachelt von den allgegenwärtigen Predigern, erhoben sie sich im Bundschuhaufstand und dem folgenden Bauernkrieg.

Luther verdammte diese Folgen seines Tuns und forderte die Fürsten- die weltlichen wie die geistlichen- die Bauern wieder unter die Knute zu bringen.

So viel Freiheit für das gemeine Volk, auf dessen Rücken und Arbeit das ganze Feudalsystem beruhte, war auch ihm dann doch nicht geheuer.

Das Feudal- bzw. Lehnsystem bedeutete, dass der Kaiser und untergeordnete Herrscher sowohl den Adel (Ritter) als auch den Klerus (Bischöfe) mit Ländereien (mitsamt der darauf lebenden Bevölkerung) belehnte.

Aber nur die, die besonders treu gegenüber dem Lehnsherrn waren.

Geistliche, die eingesetzt wurden, hatten dabei den Vorteil, dass sie keine Nachkommen haben durften.

Nach ihrem Tod fiel das Lehen wieder zurück an den Lehnsherrn.

Nur beim Adel wurde an die Abkömmlinge weitervererbt.

Die geknechteten Bauern, die sowieso nichts zu verlieren hatten, plünderten und zerstörten die meisten Burgen und Klöster in Südwestdeutschland.

Doch sie hatten gegen die Berufssoldaten der Landessherren keine Chance. Zu Tausenden wurden sie niedergemetzelt und die Überlebenden hatten in den nächsten Generationen noch viel mehr zu leiden.

Aber das war ja eine andere Geschichte.

Dann kamen in Deutschland und der Pfalz die Kriege der Reformation und der Rekatholisierung, die erst im Augsburger Religionsfrieden vorerst ein Ende fanden:

Die Pfalz war abwechselnd lutherisch und calvinistisch gewesen.

Das Bruch war jedenfalls schon fast ein Jahrhundert protestantisch, als Kurfürst Friedrich von der Pfalz das katholische Böhmen angeboten bekam:

Nach den Regeln des Augsburger Religionsfriedens bestimmte der Herrscher die Konfession der Untertanen:

Cuius regio, eius religio.

Mit einem protestantischen Böhmen war die Parität der Konfessionen im Reich, also die hart erkämpfte Gleichstellung von Katholizismus und Luthertum hinüber:

Der katholische Kaiser musste handeln und so begann das Chaos des dreißigjährigen Krieges:

Deutschland und vor allem die Pfalz wurden verwüstet, weil die Fürsten gegen Land und Leute unter dem Vorwand der Religionszugehörigkeit gegeneinander Krieg führten.

Der Krieg ernährte den Krieg.

Truppen aus ganz Europa hausten dreißig Jahre lang in Deutschland, bis den armen Fürsten klar wurde, dass wirklich gar nichts mehr aus dem Land und seinen nicht mehr vorhandenen Bewohnern herauszupressen war.

Fünf Jahre hatte es gedauert, bis im Westfälischen Frieden Deutschland zu Gunsten der europäischen Nationalstaaten zerstückelt worden war.

Diese (Frankreich, Spanien, England, die Niederlande usw.) gingen jetzt daran, die Welt zu entdecken und untereinander aufzuteilen.

Deutschland spielte dabei keine Rolle, in den entscheidenden 150 Jahren war es in unzählige Kleinstaaten und Fürstentümer zersplittert, die mit sich selbst zu tun hatten.

Jetzt, nach dem Dreißigjährigen Krieg, den sein Vater ausgelöst hatte, kam der Sohn von Friedrich von der Pfalz, Kurfürst Karl Ludwig, ins Spiel:

Er kam nach dem Westfälischen Frieden aus dem bequemen englischen Exil in sein geerbtes Fürstentum zurück und schickte sogleich Werber nach Tirol, Bayern und die Schweiz.

Von dort zogen hoffnungsvolle Menschen ins entvölkerte Bruch und bauten sich eine neue Existenz auf.

Das entbehrungsreiche Leben trug erste Früchte: in den Dörfern und Gehöften entwickelte sich wieder Landwirtschaft, Handel und gesellschaftliches Leben.

Für eine Generation:

Karl Ludwig hatte ein Bündnis mit Ludwig XIV, dem Sonnenkönig, ausgeschlagen:

Die Franzosen marschierten ein und von 1673 bis 1679 wurde die Pfalz wieder verwüstet.

Als zwanzig Jahre später Karl Ludwig und seine männlichen Nachkommen gestorben waren, war nur noch seine Tochter Liselotte von der Pfalz übrig.

Nach der Wittelsbacher Erbvereinbarung erbte jetzt Philipp Wilhelm von Pfalz-Neuburg die Pfalz.

Liselottes Vater hatte es ja bereut, das vom Sonnenkönig angebotene Bündnis ausgeschlagen zu haben.

So war sie schon früh mit dem Bruder des französischen Königs verheiratet worden in der Hoffnung, dass die Pfalz- jetzt zusammen mit Frankreich- eine europäische Macht werden würde.

Das hatte schon fünfzig Jahre vorher nicht funktioniert und Deutschland und der Pfalz nur Tod und Zerstörung gebracht.

Auch jetzt wieder: Es lief etwas anders als geplant:

1688 marschierten die Franzosen in die Pfalz ein. Ludwig der XIV, der Sonnenkönig wollte immer noch seinen Einflussbereich vergrößern.

Auch wenn die arme Liselotte ihren Schwager anflehte, ihre geliebte Heimat zu schonen:

Sie war als Frau seines Bruders, die keine männliche Verwandten mehr hatte, ein wunderbarer Anlass, Anspruch auf die Pfalz zu erheben.

Selbstverständlich wurden auch jetzt wieder die Dörfer und Gehöfte geplündert, um Kontributionen einzutreiben.

Der Feldzug verlief nicht wie geplant und auf dem Rückzug kamen die Franzosen nochmal durch die Pfalz.

Auf Anraten seines Kriegsministers Lauvois wies der Sonnenkönig seinen General Melac an, alle Dörfer, Burgen und Städte zu verwüsten.

„Brulez la Palatinat!" (brennt die Pfalz nieder!) war der Befehl.

Ziel war für Ludwig die Entfestigung der Burgen und Städte:

Mord an der gesamten Bevölkerung, verbrennen aller Dörfer und jeglicher Lebensgrundlagen.

Heute noch gibt es in der Pfalz und Baden den Schimpfnamen Lackel im Gedenken an den Mordbrenner Melac, der seine Sache so gut gemacht hatte.

Die Franzosen waren vertrieben worden und der neue Herrscher Philipp Wilhelm kam aus seinem bequemen Exil in Wien in die verwüstete Pfalz, die er ja geerbt hatte.

Wie sich doch alles wiederholt.

Er war Katholik, also wurden jetzt die Protestanten unterdrückt.

Erst nach langen Auseinandersetzungen wurde auf Druck des jungen Preußens, das ein Gewinner des dreißigjährigen Krieges war, endlich Religionsfreiheit für das Bruch und die Pfalz zugesichert.

Die nächste Generation machte sich daran, eine Existenz aus dem Nichts aufzubauen.

1719 bis 1732 siedelten über 3000 Mennoniten aus der Pfalz nach Nordamerika über.

Als Ergebnis der bis dahin größten Auswanderungswelle wird dort heute immer noch das Pennsylvania Dutch gesprochen, auf Basis pfälzischer Dialekte.

Im Bruch dieser Zeit hatte es nur Krieg, Tod, Zerstörung und Religionsstreit gegeben.

Und das nur wegen den Machtspielchen der Fürsten.

Friedrich von der Pfalz, sein Sohn und seine Enkelin Liselotte hatten mit den Großen mitspielen wollen, die Rechnung hatten ihre Untertanen zu zahlen.

Dann kamen wieder die Franzosen: 1798 bis 1804 war das Bruch Teil der französischen Republik.

Danach waren sie Untertanen des napoleonischen Kaiserreichs.

In der Revolution war die Kirche enteignet und die Priester entlassen worden.

Napoleon hatte erkannt:

Der Gehorsam, den die Gläubigen der Kirche entgegengebracht hatten, konnte auch für ihn nur nützlich sein.

Er sorgte für Ordnung, setzte die Kirche und ihre Vertreter wieder ein, die ihm versprochen hatten, dass der Gehorsam der Gläubigen genauso dem Kaiser gelten würde.

Wieder begannen Jahre des Krieges und immer wieder wurden auch im Bruch junge Männer für Napoleons Armee zwangsrekrutiert.

Napoleon

Der Schönenberger Hannes war geboren im Heiligen römischen Reich. Dann hörte er Geschichten aus dem nahen Frankreich:

Die Bürger dort lehnten sich gegen den König auf und nannten das Revolution.

Einfach undenkbar, sich gegen die gottgewollte Herrschaft der Fürsten aufzulehnen!

Doch die Fürsten untereinander hielten zusammen:

In der Pillnitzer Deklaration (Schloss Pillnitz bei Dresden) sagten die Herrscher von Preußen und Österreich ihrem Kollegen Ludwig dem XVI ihre Unterstützung gegen die sich erhebenden Volksmassen zu.

Truppen aus den vielen deutschen Fürstentümern, vor allem Preußen und Österreicher, zogen durchs Bruch Richtung Frankreich:
der erste Koalitionskrieg begann.

Schon wieder Krieg:

Hannes und seine beiden Söhne betrachteten sich die bunten Heerscharen und der älteste fragte ihn, was das alles bedeutet.

„Nix gudes, mei Sohn, gar nix gudes!"

Er sollte Recht behalten.

Die unorganisierten Bürgerheere der französischen Revolutionsarmee schlugen die Armeen der Fürsten und trieben sie wieder durchs Bruch über den Rhein.

Jetzt waren Hannes und alle Bewohner des Bruchs Franzosen.

Formal waren sie Teil der französischen Republik.

1804 krönte sich Napoleon zum Kaiser:

Jetzt war das Bruch Teil des napoleonischen Kaiserreichs.

Als er drei Jahre später nach den Siegen gegen Preußen und seine Verbündeten nach Paris zurückreiste, wurde ihm in Neustadt, das jetzt französische Kantonshauptstadt war, von den Einheimischen ein triumphaler Empfang bereitet.

Das Volk liebte ihn:

Er hatte die Feudalabgaben und die Privilegien des Adels abgeschafft.

Der riesige Kirchenbesitz war beschlagnahmt worden und jeder, auch die Bauern, konnten Teile dieser Ländereien, die jetzt Nationaleigentum waren, erwerben.

Er hatte den Code civil eingeführt:

Jedem Bürger wurden Rechtsgleichheit und öffentliche Gerichtsverfahren garantiert.

Die Bevölkerung hatte im Reich zuletzt in kleinste Territorien zersplitterten Gebieten gelebt.

Jetzt fielen in der Pfalz Zunft- und Zollschranken weg und man wurde auf einmal Teil eines großen Wirtschaftsraumes.

Es gab nur zwei große Einschränkungen:

Auch das Bruch hatte unter den Plünderungen der Revolutionskriege zu leiden gehabt.

Und in den eroberten Gebieten wurde die Wehrpflicht in der französischen Armee eingeführt.

Die Revolutionskriege der vergangenen Jahre waren noch sehr präsent, trotzdem gab es keine großen Proteste, als viele junge Männer aus der Westpfalz zum Kriegsdienst gezwungen wurden.

Auch Hannes´ Ältesten nahmen sie mit.

Die meisten sollten die Heimat nicht wiedersehen.

Jahre später:

Hannes hatte gehört, dass der russische Zar und der französische Kaiser es auf einen neuen Krieg ankommen ließen.

Deutschland war geschlagen:

Die Rheinbundstaaten, zu denen mittlerweile auch die Pfalz gehörte, Preußen und Österreich wurden gezwungen ihre Kontingente zur Vergrößerung der Grande Armee zu erhöhen.

Eine sichtbare Errungenschaft im Bruch war die Kaiserstraße, die heute noch neben der Autobahn die Hauptverbindung von Saarbrücken nach Kaiserslautern ist.

In den Orten heißt sie noch Mainzer Straße, Pariser Straße oder auch Saarbrücker Straße.

Sie war die Verbindung zwischen Paris und Mainz, dem Verwaltungssitz des Departements Mont-Tonnere (Donnersberg).

Jetzt war sie Aufmarschweg der Grande Armee.

Ab dem Frühsommer 1812 bewegte sich ein nicht enden wollender Lindwurm von Soldaten der Grande Armee durch das Bruch.

Die Menschen in den anliegenden Ortschaften wurden wieder gezwungen, Verpflegung und Quartier zu stellen und waren Requirierungen und Übergriffen ausgesetzt.

Es waren saubere, stolze, starke Männer, die voller Zuversicht in Richtung Moskau marschierten.

Ende Juni überschritten über 500.000 Mann die Memel und marschierten in Russland ein.

Erst im Juni wurde der Strom der Massen weniger und im Bruch ging alles wieder seinen geregelten Gang.

Es kam der Herbst, es kam der Winter. Und dann, Ende Januar 1813 sah man sie:

Wenige zerlumpte, ausgemergelte Gestalten, mehr tot als lebendig, schleppten sich mit zerschlissenen Stiefeln die Kaiserstraße von Ost nach West Richtung Heimat. Von Requirierungen war nicht mehr zu sprechen.

Viele Bewohner der Orte, an dem der erbärmliche Rest der Grande Armee vorbei kroch, hatten doch Mitleid und teilten das wenige Essen, das man hatte, mit den armen Männern, die allen Stolz und alle Stärke verloren hatten.

500.000 Mann, 200.000 Pferde und über 1.000 Geschütze hatte die Grande Armee in Russland verloren.

Auf seinen Sohn Wilhelm wartete Hannes vergebens.

Das Bayerische Bruch

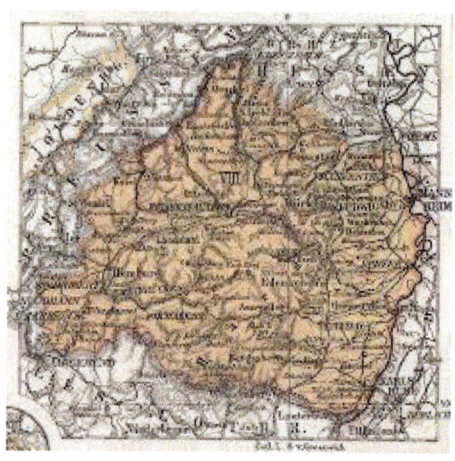

Nach dem auf dem Wiener Kongress geschlossenem
Hauptvertrag vom 9. Juni 1815 wurde das Bruch und
die linksrheinische Pfalz Österreich zugesprochen.

Ein Jahr später trat Kaiser Franz von Österreich
unsere Heimat an König Maximilian I. von Bayern
ab.

Die Bewohner des Bruches gehörten jetzt zum
Rheinkreis mit der Hauptstadt Speyer.

Das französische Erbe in Justiz und Verwaltung wurde unter bayerischer Herrschaft beibehalten.

Vor allem deshalb gab es hier einen fruchtbaren Boden für spätere Demokratiebewegungen.

Doch die Menschen im Bruch hatten jetzt erstmal keinen Sinn für Politik mehr.

Die meisten Söhne waren nicht aus den Kriegen Napoleons oder gegen ihn nach Hause zurückgekehrt.

Und die wenigen, die mehr oder weniger gesund heimkamen, hatten genau wie die Alten genug erlebt, um endlich voll und ganz im Familien- und Privatleben aufzugehen.

Friedrich war im Herbst 1815 wieder heim nach Kindsbach gekommen.

Die Schlacht bei Waterloo war die letzte gewesen, die er für den französischen Kaiser schlug.

Er war jetzt 29 Jahre alt, wirkte aber viel älter.

Vor zehn Jahren war er mit vielen anderen Burschen aus dem Bruch mit Eintritt der Wehrpflicht in die französische Armee eingezogen worden.

Er war dabei, als bei Jena und Auerstedt die Preußen und Sachsen vernichtend geschlagen wurden.

Er musste mit dem Expeditionskorps nach Spanien, wo die Franzosen mit ihrer Grausamkeit der Zivilbevölkerung gegenüber einen Guerillakrieg ausgelöst hatten, den die Menschheit bisher nicht gesehen hatte.

Die Franzosen hatten den Papst in Rom gefangen genommen.

Jetzt wiegelten im ganzen Land Mönche die streng katholische Bevölkerung erfolgreich zum Widerstand auf.

Beide Seiten zeichneten sich durch unbeschreibliche Grausamkeiten aus.

Dann war Wellington mit 12.000 Engländern in Portugal gelandet und fügte den Franzosen in Spanien empfindliche Niederlagen zu.

Am Ende musste Napoleon, der gewohnt war, in offener Schlacht durch seine Genialität als Feldherr den Feind zu vernichten, Spanien wieder verlassen und wandte sich anderen Schauplätzen zu.

1812 war er mit der Grande Armee nach Russland marschiert.

Sie waren bis Moskau gekommen, dass bei ihrer
Ankunft von den Russen selbst in Brand gesteckt
worden war.
Hier gab es nur noch verbrannte Erde.

Also zogen sie zu Fuß zurück durch tausende
Kilometer verbrannter Erde.

Den Feind immer ihnen auf den Fersen.

Zusammen mit seinem besten Freund Wilhelm
schaffte es Friedrich, lebend und einigermaßen
unversehrt durch diese Winterhölle Richtung Heimat
zu kommen.

Ein Jahr später begannen die Befreiungskriege.
Er und Wilhelm wurden beide in der Völkerschlacht
bei Leipzig schwer verwundet.

Wilhelm wurde noch sein linkes Bein amputiert,
doch er bekam Wundbrand und starb.

Als Friedrich einigermaßen genesen war, war
Napoleon wieder von Elba zurückgekehrt und führte
sein letztes Aufgebot in die Schlacht von Waterloo.

Friedrich war in seine Heimat zurückgekommen, die
er als junger Mann verlassen musste.

Gegen seinen Willen.

Jetzt war er ein „Franzosenjud", ein Verräter an der Heimat.

Er hatte es schwer, wieder im gesellschaftlichen Leben Fuß zu fassen.

Erst nach Monaten hatte er den Mut aufgebracht, die Reise nach Schönenberg anzutreten.

Er wollte Hannes, dem Vater seines gefallenen besten Freundes Wilhelm, seine Aufwartung machen.

Hannes´ Nichte Friederike war sehr angetan von dem ruhigen und zurückhaltenden Mann, der der beste Freund ihres Cousins gewesen war.

Seine Familie hatte sich zwar gefreut, ihn wiederzusehen, doch obwohl er nichts dafürkonnte:

Für ihn blieb sein Heimatdorf Kindsbach für ihn die Fremde.

Bei einem Besuch von Friederike bei seinen Eltern machten sie beide einen ausgedehnten Spaziergang.

Er führte sie zur beliebten Gutenbornquelle und dort machte er ihr schließlich am Heidenfelsen einen förmlichen Heiratsantrag.

Und sie sagte ja.

Sie saßen noch lange da und sinnierten darüber, wie viele Generationen wohl hier seit Erschaffung des Heiligtums gelebt haben und was sie alles erlebt haben mögen.

Die Biedermeierzeit hatte begonnen.

Das Wohnzimmer, wie wir es heute gewohnt sind, stammt aus dieser Zeit.

Gemütlichkeit und Geselligkeit wurden wichtig.
Die ersten Stammtische wurden gegründet.

Die Bürgerlichen Tugenden wie Fleiß, Ehrlichkeit, Bescheidenheit und Pflichtgefühl wurden zu allgemeinen Prinzipien erhoben.

Sie schufen sich in Schönenberg ihr privates Paradies und machten sich an die Familienplanung.

Auch der Himmel wies ihnen deutliche Zeichen der Veränderung:

1816 ging in die Geschichte ein als das Jahr ohne Sommer.

Jahrzehntelang kam es auch im Bruch und ganz Europa zu überwältigenden Sonnenuntergängen.

1815 war bei der bisher größten bekannten Eruption der Vulkan Tambora im Pazifik in die Luft geflogen.

Es kam jahrelang zu vulkanisch bedingten Klimaänderungen.

Die biedermeierlichen Sonnenaufgänge waren von nie da gewesener Pracht und wurden bewusst von den Menschen genossen.

In der Biedermeierzeit erst entstanden viele Weihnachtslieder, erst jetzt entstand der Brauch der Bescherung und das Aufstellen des Weihnachtsbaumes.

Hannes war Großonkel geworden.
Friederike brachte erst ein Mädchen, dann noch zwei Jungen zur Welt.

Friedrich war mittlerweile angesehenes Mitglied der Gemeinschaft und Ratsmitglied.

Auch wenn die Menschen im Bruch unter bayerischer Herrschaft eine rechtliche Sonderstellung genossen, da freiheitliche Errungenschaften aus der Franzosenzeit beibehalten wurden:

Nach der französischen Julirevolution von 1830 kam es 1832 auf dem Hambacher Schloss zu einer großen Freiheitskundgebung, die als Hambacher Fest in die Geschichte einging.

1837 wurde der Rheinkreis durch eine allerhöchste königliche Verordnung in Pfalz umbenannt.

Nach der Märzevolution von 1848 löste sich die Pfalz im sogenannten Pfälzischen Aufstand von Bayern.

Friedrich war nach Kaiserslautern gekommen, um zusammen mit vielen anderen Vertretern der demokratischen Volksvereine wählten sie als Vertreter der pfälzischen Kantone hier eine provisorische Regierung der Rheinpfalz.

Sie gründeten sogar eine Revolutionsarmee, der auch einige Angehörige der königlich bayerischen Armee beitraten.

Aber nur für wenige Wochen:

Als das preußische Armeekorps anrückte, war die „Revolutionsarmee" praktisch widerstandslos in Auflösung.

Nach den Jahrzehnten der Biedermeierzeit war die wirtschaftliche Lage schlecht geworden.

Immer mehr Berichte erreichten das Bruch, in denen die Rede war vom gelobten Land Amerika mit seinen unbegrenzten Möglichkeiten.

Mitte des 19. Jahrhunderts wanderten so viele Pfälzer nach Nordamerika aus, dass in den USA das Wort Palatines als Sammelbegriff für alle deutschsprachigen Einwanderer galt.

Auch Friedrichs jüngster Sohn sah sein Heil in der Auswanderung.

Der Druck der bayerischen Behörden auf seinen Vater als Umstürzler wurde immer größer und er drängte ihn, mitzukommen.

Aber Friedrich war bereits ein alter Mann und hatte nicht mehr die Kraft für einen solch großen Schritt.

Er hielt sich fortan von allen politischen Bestrebungen fern und widmete sich ganz dem Haus und der Familie.

Nachdem Kaiser Franz II 1806 die Kaiserkrone des Heiligen Römischen Reiches niedergelegt hatte, erlosch das erste deutsche Reich.

Friedrich war da noch Jugendlicher gewesen.

Das alte Reich war ein übernationales Gebilde gewesen, dass sich zeitweise von der Nordsee bis zum Mittelmeer erstreckt hatte.

Es war endgültig an den napoleonischen Kriegen zerbrochen und die vielen deutschen Fürstentümer schlossen sich zum Rheinbund zusammen.

Erstmals im Kampf gegen Napoleon war der Gedanke an die Gründung eines deutschen Nationalstaates aufgekommen.

Friedrichs Ältester wurde eingezogen ins bayerische Armeekorps.

Die deutschen Staaten rüsteten nach einer Generation des Friedens wieder zum Krieg:

Erst der deutsch-dänische Krieg 1864.

Dann der deutsch-österreichische Krieg 1866.

Dann der deutsch-französische Krieg 1870/71:

Das zweite deutsche Reich wurde gegründet.

Im Bruch war man beseelt von Nationalstolz.

Friedrich hatte die Reichsgründung durch Bismarck nicht mehr mitbekommen.

Sein verbliebener Sohn war beim heldenhaften Sturmangriff auf die französischen Stellungen bei Spichern gefallen.

Nur wenige Kilometer vom heimischen Bruch entfernt.

Als Friedrich die Nachricht vom deutschen Sieg bekam, hatte er schon ein ungutes Gefühl gehabt. Als dann die Nachricht vom Heldentod des Sohnes kam, versagten ihm die Kräfte und er starb.

Seine Tochter hatte ebenfalls zwei Söhne und eine Tochter bekommen.

Sie wuchsen auf im deutschen Kaiserreich, das Bismarck aus Blut und Stahl gegründet hatte.

Sie erlebten die Gründerzeit.

Das annektierte Elsass-Lothringen wurde deutsch.

Sie lebten über 40 Jahre in einer Zeit ohne Krieg in Deutschland.

Das hatte es in den letzten tausenden Jahren noch nie gegeben.

Militär und Obrigkeit prägen das Denken dieser beiden Generationen.

Das hatte Folgen für die nächsten.

Zugunglück im Bruch

Der Hauptstuhler Stationsführer Georg Weber hatte
an diesem eiskalten Montag, den 7. Januar 1918
Probleme, den Kohleofen zum Heizen zu bringen.

Dichtes Schneetreiben herrschte draußen und
drinnen wurde es nicht richtig warm.

Vor zehn Minuten war ein Güterzug voll mit
Kriegsmaterial gemächlich Richtung Homburg
vorbeigezuckelt.
Er hatte das Gefühl, dass die Lok doch schwer
arbeiten musste und es lange dauerte, bis der Zug
den Bahnhof passierte.

Oder war er nur besonders lang?

Bei dem Wetter jagt man zwar keinen Hund vor die
Tür, dachte er sich, ging aber doch raus an den
Bahnsteig, weil er ein mulmiges Gefühl hatte.

Sehen konnte er nicht weit, es war dunkel und der
Schnee blies ihm aus der Richtung, wo der Güterzug
verschwunden war, ins Gesicht.

Teilweise sah er die Gleise nicht, die unter
Schneeverwehungen verschwunden waren.

Sollte er im Bahnhof Homburg nachfragen, ob der Zug schon durchgefahren war?

In einer viertel Stunde sollte ein Schnellzug auf derselben Strecke Soldaten zur Westfront bringen.

Was soll`s, es war saukalt, er ging rein und legte noch Brikett im Ofen nach.

Er schaute auf die Uhr: 23 Uhr 23.

Planmäßig brauste der Schnellzug Richtung Homburg vorbei.

Nach Mitternacht:
Der Bahnhofsleiter in Homburg hatte in Bruchmühlbach angerufen, weil weder der Güterzug noch der Schnellzug durchgefahren waren.

Auch durch Bruchmühlbach war nichts gefahren.

Als Georg Weber den Anruf bekam, wurde ihm heiß und kalt:

Er stellte das Signal von Landstuhl kommend auf „Halt!" schnappte sich den Mantel und machte sich zu Fuß auf den Weg nach Westen.

Er musste nicht weit rennen, schon roch er Brandgeruch und hörte Schreie von Verletzten und Sterbenden Soldaten.

Der Güterzug war zwischen Hauptstuhl und
Bruchmühlbach liegengeblieben und der Schnellzug
in voller Fahrt aufgefahren!
Und er hatte es nicht verhindert!
Hätte er es verhindern können?

Die Lokomotive war beiseite geschleudert worden
und die ersten Waggons schoben sich ineinander.

Anwohner aus Bruchmühlbach und Hauptstuhl, die
den schrecklichen Lärm des Aufpralles gehört
hatten, waren schon beigeeilt und halfen,
Überlebende aus den Trümmern zu ziehen.

Vom Bezirksamt Homburg, zu dem Bruchmühlbach
gehörte, ging am nächsten Morgen um 9 Uhr 5 ein
Telefonanruf bei der Bezirksregierung in Speyer ein
mit dem knappen Inhalt:

„Schweres Eisenbahnunglück. Nachtschnellzug nach
Saarbrücken ist in voller Fahrt in einen Etappenzug
hineingefahren."

Die Westpfalz war schon seit Jahren als Hinterland
zur recht nahen Westfront mit zahllosen Spitälern
für die vielen Verwundeten des Krieges ausgestattet
worden.

Dorthin wurden jetzt in alle Richtungen die
Verletzten des größten Eisenbahnunglückes der
Pfalz gekarrt.

110 teils schwer Verletzte zählte man später.
Die 33 Toten wurden zum Schulhaus
Bruchmühlbach gebracht, das in ein Leichenhaus
umfunktioniert wurde.

Weber wurde angeklagt; Konrad Schörlein, der
Lokomotivführer des Schnellzuges nicht.
Angeblich stand das Einfahrsignal der Station
Bruchmühlbach auf „Halt!"
Zusätzlich wurde festgestellt, dass die Lokomotive
des Rüstungstranportes den Zug wegen des vielen
Schnees nicht mehr weiterbrachte.

Weber wurde freigesprochen:
Das Gericht stellte abschließend fest, dass es bei
starkem Frost heftig schneite und das zu schwierigen
Witterungsverhältnissen in Verbindung mit
menschlichem Versagen zum Unglück geführt hat.

Heute ist dieses Unglück vergessen; die Unterlagen
lagern im Landesarchiv Speyer.

Es war nur eine Fußnote im großen Krieg.

Der bayerische König Ludwig der III. ließ später
1000 Reichsmark an die Hinterbliebenen überweisen,
da die meisten Opfer aus Franken und Baden
kamen; einige auch aus der Pfalz.

Ein Führer kommt

Der Kaiser hatte abgedankt.

Vier Jahre Krieg waren vorbei.

17 Millionen Opfer hatte der erste Weltkrieg
gefordert.
Deutschland war ausgeblutet.

Die Soldaten, die durch die Hölle gegangen waren
und denen es an allem gemangelt hatte, wussten gar
nicht, wie viele Entbehrungen die Lieben daheim
erduldet hatten.

Nur dafür, dass der Krieg weitergehen konnte und
die Männer an der Front verpflegt werden konnten.
Vor einem halben Jahr hatten erste Meldungen vom
„Flandernfieber" die Runde gemacht.

Später etablierte sich der Begriff „Spanische
Grippe".
Nicht nur in Deutschland starben Junge und Alte
wie die Fliegen, weltweit starben mindestens 50
Millionen Menschen (manche Schätzungen gehen
von 100 Millionen aus).

Die überlebenden Soldaten kehrten nach und nach heim ins Bruch.

Auch weiterhin waren die vielen Spitäler, die hier im Hinterland der Westfront jahrelang betrieben wurden, mit Verwundeten und an der Grippe Erkrankten gefüllt.

Deutschland als Verlierer des Krieges hatte die alleinige Kriegsschuld aufgestempelt und vernichtende Reparationszahlungen aufgebürdet bekommen.

Die Schmach war umfassend und saß tief.

Alles Brauchbare wurde nach Frankreich geschafft.

Die Pfalz wurde von 1918 bis 1930 besetzt.

Und die französischen Besatzer ließen keinen Zweifel daran, wer Sieger war und wer der Besiegte.

Gängeleien und Provokationen waren an der Tagesordnung und Nachrichten davon bereiteten auch in die Gegend zwischen Homburg und Kaiserslautern den Boden für Hass auf die Sieger und Rachedurst.

Die Kinder wuchsen mit Geschichten über die „schwarze Schmach" heran:

Schwarzafrikanische Soldaten, die weder bei den Franzosen noch den Deutschen als richtige Menschen galten, hätten als halbe Affen einen gesteigerten Sexualtrieb und würden vor allem deutsche Frauen vergewaltigen.

Die demütigende Besatzung endete erst nach zwölf Jahren.
Und auch nur, weil Deutschland dem Young-Plan zustimmte:
Reparationszahlungen bis 1988!
Fast drei Generationen lang!

Jeder hatte im Krieg Angehörige verloren, aber es war kein Geld für schöne Denkmäler da und stolz durfte man nicht auf die gefallenen Söhne, Brüder und Väter sein, sie hatten verloren.

Jeder Junge war überzeugt von der
Dolchstoßlegende:

Im Feld unbesiegt stand das deutsche Heer kurz vor
dem Sieg, wurde aber von hinten erdolcht durch die
Kommunisten und Sozialisten.

Ludendorff, der Held von Tannenberg, betätigte sich
nach dem Krieg bald in der völkischen Bewegung
und bereitete mit anderen ehemaligen Militärs den
Weg zum Hitlerputsch.

Dieser schlug zwar fehl, aber nach seiner Haft
arbeitete sich Adolf Hitler nach oben.

Auf einmal war da einer, der die Schmach tilgen
wollte und den kleinen Leuten versprach,
Deutschland wieder groß zu machen!

Die USA erholten sich 1929 schnell von der
Weltwirtschaftskrise:
Unter anderem, weil sie die Kriegsschulden
Deutschlands sofort zurückforderte, was der
deutschen Wirtschaft den Todesstoß versetzte.

Millionen Deutsche verloren dadurch Hab und Gut,
Arbeit und Zukunft.
So sahen sich viele gezwungen, die NSDAP zu
wählen.

Das kommunistische Russland war als einziges Land nicht von der Wirtschaftskrise betroffen, es hatte sich abgeschottet.
Aber Stalin hatte die Bauern (Kulaken) ausnahmslos enteignet, deportiert oder liquidiert.
Freie Bauern gab es in Russland nicht mehr, nur Kolchosen.

Für Hitler war es nicht schwer, den deutschen Kleinbauern die Bedrohung durch den Kommunismus als real einzutrichtern.

In den Schulbüchern der Volksschule standen jetzt Geschichten, die den freien Bauern auf freier Scholle wieder priesen.

Auch die vielen Kleinbauern im ländlichen Bruch konnten sich jetzt wieder was auf sich einbilden!

Die junge Demokratie in Deutschland war gescheitert.
Man war ja als Untertan geboren und im Namen des Kaisers in den unseligen Krieg gezogen.

Militär und Obrigkeit waren die bestimmenden Faktoren der letzten Jahrzehnte vor der Niederlage gewesen.

Die neue Obrigkeit verstand es, in Windeseile Politik und Gesellschaft gleichzuschalten.

Das Führerprinzip ersetzte nun die demokratischen Strukturen.
Der Wille des Führers stellte jetzt den Volkswillen dar.
Überall wurde gebaut. Vor allem mit personalintensiven Projekten wie Autobahnbauten sanken die Arbeitslosenzahlen merklich.

Die Jungens gingen in die Hitlerjugend, die Mädels in den Bund deutscher Mädels.

Sonst gab es keine Jugendorganisationen mehr.

Wer in die Hitlerjugend eintrat, bekam einen Dolch geschenkt. Einen echten Dolch!

Die jungen Männer hatten für ein halbes Jahr den Reichsarbeitsdienst abzuleisten. Danach begann der Wehrdienst.
Privatleben zählte kaum noch.
Man wurde von klein auf systematisch auf seine Funktion als gehorsamer, zäher und tapferer Soldat vorbereitet.

Auch die Blut- und Boden-Ideologie und damit auch der Antisemitismus wurden als notwendig hingenommen:
Der Volkskörper wurde rassisch definiert. Die Juden waren folglich Fremdkörper.

Auch die umherziehenden Zigeuner waren irgendwann verschwunden.

Mit der Idee vom „Volk ohne Raum" wurde der erste Baustein der notwendigen Eroberung von Lebensraum im Osten und Auslöschen der dortigen Untermenschen gelegt.

Kurz gesagt:
Nur weil man Deutscher war, war man jetzt auf einmal wer!
Mit deutscher Gründlichkeit wurde Gesetz um Gesetz erlassen.

Folglich war alles, was das Leben grundlegend änderte, legal und wurde somit auch allgemein als richtig hingenommen.

Nicht nur in Deutschland führte die Weltwirtschaftskrise zu Nationalismus.

Japan sah sich gezwungen, als Exportnation ohne eigene Rohstoffe die Mandschurei zu besetzen, um an die dortigen Rohstoffe zu kommen und mit den imperialen Streitkräften ein Weltreich zu errichten.

So führte der große Crash 1929 mit all den ungelösten Problemen nach dem Krieg zu einem neuen und jeder Staat trug dazu bei.

Erwin

Lore schenkte ihm ein Lächeln.
Er hatte ihr die zwei Rosen geschenkt, die er am
Schießstand gewonnen hatte.

Sie war ein Jahr älter als ihre Freundinnen und war
schon kein Mädchen mehr.

Er war noch zu jung, um bei den Straußbuben
mitmachen zu können, aber heute am Kerwesonntag
hatte er sich ein Herz gefasst und seine heimliche
große Liebe gefragt, ob sie mit ihm tanzen will.

Es war egal, dass beide noch nicht tanzen konnten,
sie drehten sich gefühlte Stunden auf dem
Kerweplatz in Elschbach und hatten nur Augen
füreinander.

Anfang August war es, sie hörten nicht auf, obwohl
der Schweiß aus allen Poren rann.

Dann wachte er auf.

Der Schweiß rann ihm wirklich aus allen Poren.

Es war kalter Schweiß; er hatte hohes Fieber.

Er hatte so schön geträumt von der letzten Kerwe im Bruch, bevor er ein Mann werden musste.

Die Kälte steckte ihm in allen Knochen.
Er blickte nach links: der Unteroffizier neben ihm auf der Pritsche hatte die Augen weit geöffnet, wie wenn er in die ferne Heimat starren würde.

Steinhart gefroren war er.

Die Decke hatte er festgekrallt in den steifen Händen und Erwin musste ihm fast die Finger brechen, um seinen Teil der Decke zu sich ziehen zu können.

Der Gefreite rechts neben ihm hatte die Augen geschlossen.
Auch er war wohl schon längere Zeit erfroren.

„Wenn ihr beiden mich nicht gewärmt hättet, wären wir jetzt alle drei hinüber", dachte er bei sich.

Erwin war gerade siebzehn geworden und körperlich immer sehr robust gewesen; wohl nur deshalb war er noch am Leben.

Vor einer Woche, am 1. Februar 1943 hatten sie sich ergeben:

90.000 Überlebende der glorreichen 6. Armee waren nach der Einkesselung von jeglicher Versorgung abgeschnitten gewesen und allesamt körperlich dermaßen geschwächt, dass nur noch 33.000 Mann in die Arbeitslager verbracht werden konnten.

Die meisten starben an Hunger und Kälte, weil die Russen selbst nicht viel hatten und mit der Versorgung der Gefangenen völlig überfordert waren.

Denen war es natürlich recht, dass die verhassten Deutschen wie die Fliegen starben.

Nur die Parteikommissare hatten insofern Mitleid, als dass mit jedem verhungerten Feind eine Arbeitskraft für den Wiederaufbau der Sowjetunion fehlte.

Die Waggons, mit denen sie ins ferne Sibirien verfrachtet wurden, waren nicht geheizt und Verpflegung gab es nur jeden dritten Tag.

Bei jedem Halt wurden die diejenigen, die der Hunger, Verwundung oder auch Seuchen dahingerafft hatten, aus den Waggons geworfen.

Fast noch schlimmer war für Erwin die Ungewissheit.

Vom Klassenzimmer aus war der „Spaziergang nach Moskau" ein heroisches Abenteuer.

Erst auf dem Weg zur Ostfront wurde ihm bewusst, welche unglaublichen Entfernungen sie tage- und

Wochenlang zurücklegten und wie verdammt weit weg die Heimat war.

Wie würde es Mutter und Schwester gehen?

Und seine geliebte Lore? Er würde ihnen so gerne schreiben, dass er noch am Leben war.

Er selbst hatte nie einen Sieg erlebt.

Die zehnte Armee wurde nach dem Sieg über Polen neu gebildet als sechste Armee.

Die anderen kamen als strahlende Sieger heim.

Die anderen hatten Belgien, Holland und schließlich Frankreich besiegt!

Die anderen hatten Paris und Orleans eingenommen.

„Bezwingerin der Hauptstädte" nannte sich die 6. Armee.

Als Teil der Heeresgruppe Süd hatten sie starke russische Gegenangriffe in der Panzerschlacht von Dubno-Luzk-Riwne zurückgeschlagen.

Die Schlacht um Kiew.

Die Schlacht um Charkow.

Die Kesselschlacht bei Kalatsch.

Über den Don.

Bis zur Wolga. Da erst ist Erwin als Frischling zu ihnen gestoßen.

Sie hatten trotz des erbitterten Widerstands der Russen Stalingrad weitgehend erobert, dann folgten monatelange Häuserkämpfe und dann schließlich die Einkesselung.

Und dann, als es wirklich gar keine Hoffnung mehr gab, hatten sie sich ergeben.

Sie krochen wie lebende Tote aus den Trümmern und Erdlöchern hervor.

Und natürlich machten die Russen keinen Unterschied zwischen altgedienten und Frischlingen.

Die anderen hatten ihm Andeutungen gemacht, was sie in Gefangenschaft erwarten würde.

Sie wussten, wie es den russischen Gefangenen ergangen war und was der Vernichtungskrieg sonst noch an unvorstellbarem mit sich gebracht hatte.

Er hatte immer nur wie sie alle auch ein Held sein wollen, so wie er es von klein auf nicht anders gehört hatte.

Jetzt lag er hier, umringt von toten Kameraden in einem Zwischenlager im Ural, mitten im russischen Winter und morgen sollte es weiter mit dem Viehwaggon nach Osten gehen.

Immer weiter weg nach Osten.

Immer weiter weg von der Heimat.

Monatelang schon nichts mehr von den Lieben daheim im Bruch gehört.

Nur Gerüchte, dass ganze Städte durch Bomben der Amis und Tommys dem Erdboden gleichgemacht waren.

Die unglaublichen Ressourcen der Feinde, und die riesige deutsche Armee hatte sich in den Weiten Russlands aufgerieben.

Diese unglaublichen Entfernungen.

Der Nachschub war schon lange nicht mehr zu bewerkstelligen gewesen, aber jeder glaubte immer noch dem Führer und seinen Parolen.

Er allein hatte sie zu ungeahnter Größe geführt und immer Wort gehalten.

Er hatte die Schmach getilgt, die ihnen die Eltern und Großeltern eingeimpft hatten.

Und natürlich hatte er Recht, dass die kommunistischen Untermenschen ihre natürlichen Feinde waren.

Und natürlich hatte er Recht, dass der Lebensraum im Osten für das deutsche Volk überlebenswichtig war.

Erwin war Jahrgang sechsundzwanzig und ein halbes Jahr älter als seine Freunde Ottmar und Adolf.

Er hatte alles drangesetzt sich freiwillig melden zu dürfen, um noch dabei sein zu können, wenn die Russen endlich vernichtet werden würden.

Die anderen beiden waren neidisch auf ihn und seine Uniform und er hatte ihre täglichen Unternehmungen in der Hitlerjugend noch als Kindergarten bezeichnet.

Er war noch selbst ein Kind, als er in
Gefangenschaft geriet.

Zum Glück musste er nicht in die Uranminen, wo
die meisten nach einigen Monaten an Staublunge
und Strahlenschäden starben.

Er wurde zum Holzfällen eingeteilt:
Harte Arbeit; im Winter meterhoher Schnee und im
Sommer Milliarden von Stechmücken, vor denen
sich weder Mensch noch Tier, weder Russen noch
gefangene Deutsche, Rumänen und Italiener
schützen konnten.

An Flucht war nicht zu denken.
Er lernte leidlich russisch und konnte sich
verständigen.

Mit den Jahren wurde nicht nur die Verpflegung,
sondern auch die Behandlung besser.

Mit Russland ging es wieder bergauf und sie hatten
auch ihren Teil dazu beigetragen.

Ja, mit den Jahren!

Die Kindheit in der Hitlerjugend.

Als Jugendlicher ein Jahr in der Wehrmacht.

Als Kriegsgefangener zwölf unendlich lange Jahre in Sibirien dafür, dass er immer sein Bestes gegeben hatte.

Er hatte immerhin in den letzten Jahren regelmäßig Post und Pakete aus der Heimat bekommen.

Die hieß jetzt Bundesrepublik.

Im Juni 1955 hörten sie von einer Einladung Adenauers nach Moskau.

Im August vernahmen sie ungläubig die Weisung, dass sie wohl bald nach Hause könnten.

Aber nur die Soldaten.

Tausende Deutsche Zivilisten, die in den letzten Jahren in der sowjetischen Besatzungszone willkürlich aufgegriffen und zur Zwangsarbeit im Gulag verurteilt worden waren, hatten weiterhin keine Hoffnung.

Im September erreichten sie das Grenzdurchgangslager Friedland.

Der Polit-poker war noch nicht ausgespielt und so wurden sie noch einige Wochen dort festgehalten, immer mit der Drohung, sie müssten wieder zurück, wenn die Verhandlungen doch noch scheiterten.

Manfred, ein alter Weggefährte Erwins wurde
darüber wahnsinnig und erhängte sich, weil er doch
noch ganz kurz vor dem Ziel die Hoffnung verloren
hatte.

Dann, im Oktober, war es soweit:
Sie waren frei!

Seine Mutter und seine Schwester hatten
stundenlang mit tausenden anderen Angehörigen vor
dem Tor ausgeharrt.
Er war an seiner Schwester vorbeigegangen, erst
seine Mutter hatte er erkannt.

Er war nicht mehr der Erwin, der sein Elternhaus
vor dreizehn Jahren verlassen hatte.
Und auch für ihn sollte die Heimat nicht mehr die
gleiche sein.

Später hat er Berichte gelesen, wie viele Angehörige
an diesem Tag und an den Tagen darauf vor dem
Tor auf ihre geliebten Väter und Söhne warteten-
vergeblich.

Ottmar und Adolf hatten als Hitlers letztes Aufgebot im Volkssturm damals, als die Amis kamen, ihre Karabiner weggeschmissen, die Uniformen ausgezogen und damit war für sie und die Menschen im Bruch der Krieg vorbei.

Sie hatten sich ein eigenes Leben aufgebaut und hatten die örtlichen Vereine wieder zum Leben erweckt. Jedes zweite Wochenende im August hatten sie Kerwe gefeiert.

Erwin war als Held gegangen.

Nun wurde er empfangen als einer, der Schuld war, dass es so weit gekommen war mit Deutschland.

Und jetzt sahen sie in ihm einen, der – ohne etwas dazu beigetragen zu haben- auch noch gleichberechtigt am Dorfleben teilhaben wollte.

Keiner konnte es Lore verübeln, dass sie nicht 13 Jahre auf ihren Traummann gewartet hatte. Es hatte lange geheißen, er sei vermisst oder gefallen.

So dauerte es nochmal Jahre, bis sich Erwin- genau wie Millionen andere Deutsche - doch wieder als vollwertiges Mitglied der Dorfgemeinschaft im Bruch fühlen konnte.

Karl

Gerlinde hatte alle Mühe, das Fahrrad und den Rock bei dem starken Rückenwind unter Kontrolle zu halten.

Das schwarze Adler-Damenrad schaffte trotz der schweren Ledertasche auf dem Gepäckträger über 30 Stundenkilometer!

Ganz freiwillig hatte sie sich beim ersten schweren Herbststurm des Jahres 1929 natürlich nicht auf das schwere Stahlross geschwungen:

Aber sie war nun mal Hebamme und ihre Aufgabe war es, der armen Erna Schwarz bei der Geburt ihres ersten Sohnes zur Seite zu stehen, die auf dem Schanzer Hof lebt; auf halbem Weg zwischen Hütschenhausen und Miesau, wo die Hebamme wohnt.

Zum Glück blies nur der Wind, der Regen hatte aufgehört.

Ludwig, Ernas Mann und werdender Vater, hatte sich gerade trockene Sachen angezogen.

Er war mit seinem alten Opel-Fahrrad losgezogen, um die etwa zwei Kilometer entfernt wohnende Hebamme Gerlinde vom Platzen der Fruchtblase zu informieren.

Sein Rad musste er auf dem Hinweg schieben, der Regen peitschte ihm waagerecht von vorne ins Gesicht.

Beim Anblick des klatschnassen Mannes bekam Gerlindes Mutter Maria Mitleid.

Sie bat ihn herein, um sich aufzuwärmen, aber Ludwig hatte keine Ruhe, er schwang sich auf sein Rad und ließ sich – genau wie Gerlinde etwas später- vom stürmischen Westwind im wahrsten Sinne „in Windeseile" heim schieben.

Die Welt sollte diesen 25. Oktober 1929 als „schwarzen Freitag" in Erinnerung behalten: Die New Yorker Börse war zusammengebrochen, die Menschheit steuerte unweigerlich in die Weltwirtschaftskrise.

Doch davon wusste man auf dem Schanzer Hof
noch nichts, es gab noch keinen Strom und keinen
Volksempfänger, auch das Wasser, das man für die
Geburt im Kesselofen in der Waschküche kochte,
und das Trinkwasser für Mensch und Vieh musste
noch von Hand mit der Schwengelpumpe gefördert
werden.

Hier war der Schwarze Freitag ein Freudentag:
die Hebamme hatte alles im Griff und mit der
Geburt des kleinen Karl war ein kräftiger
Stammhalter für den kleinen Bauernhof geboren
worden.

Alle waren erschöpft, aber glücklich, nur die arme
Gerlinde musste ihr schwarzes Adler-Fahrrad gegen
den nochmal stärker gewordenen Wind heimwärts
schieben.

Ludwig hatte in jungen Jahren den Hof von seinem
Vater übernehmen müssen.

Der arbeitete nebenher in der gegenüber liegenden
Schanzer Mühle.
Müller Ott zahlte zwar nicht gut und das viele
Schleppen der Säcke war harte Arbeit; aber er hatte
keinen Weg zur Arbeit und sie hatten das Geld bitter
nötig.

Irgendwie kam der Verdacht auf, es kämen immer wieder Getreidesäcke abhanden und Ott stellte Ludwigs Vater zur Rede.

Der war ein rechtschaffener Mann, aber auch labil und fühlte sich schwer in seiner Ehre gekränkt.

Am Nächsten Abend suchte seine Frau ihn in der Mühle, er war immer noch nicht nach Hause gekommen und die Kühe hatte sie alleine melken müssen.

Auf dem Kornspeicher in der Mühle wurden sie und Müller Ott fündig:

Er hatte sich erhängt.

500 Meter südlich der Schanzer Mühle liegt der Familienfriedhof der Müllerdynastie Ott und Lellbach.

Unmittelbar neben der Straße und dem Friedhof befand sich eine Sandgrube, wo jeder Sand abbauen konnte, soviel er für den Hausgebrauch benötigte.

Der Stall sollte erweitert werden.
Also fuhr Ludwigs Bruder Hermann mit dem Pferdekarren 1925 vor dem Mittagessen noch eine Fuhre Sand holen.

Da Hermann auch nach dem Essen noch nicht daheim war, ging die Mutter mit seiner Portion und einer Flasche Brunnenwasser Richtung Miesau, um nach ihm zu sehen.

Er war nicht da, nur das Pferd stand angeleint am Baum, der Karren war fast voll.

Als Ludwig nachkam, sah er, dass der Stollen, den sie sich durch den feinsten Sand gegraben hatten weg war.
Er war eingestürzt und hatte Hermann begraben.

Er wurde nur 19 Jahre alt.

Doch zurück zu Hermanns Neffen Karl:

Er wuchs auf in der Gewissheit, dass Deutschland endlich seinen ihm zustehenden Platz als führende Nation in Europa und der Welt eingenommen hatte. Schon als kleiner Junge war er bei den Pimpfen in die HJ eingetreten.

Er hörte begeistert von Hitlers Lösung der Sudetenfrage und von der Tatsache, dass Österreich heim ins Reich geholt wurde.

Als der Krieg begann, war er zehn Jahre alt.

Polen war Ruck-Zuck besiegt worden!

Im Frühjahr 1940 wurden überall im Bruch Soldaten einquartiert. Etwas Großes schien sich anzubahnen. Die Landser machten sich einen Spaß daraus, auf das Wappen Franz von Sickingens, das über dem Scheunentor prangt, zu schießen. Noch heute sieht man die Einschussspuren im Wappen.

Als wieder mal drillmäßig das Anlegen der Gasmaske geübt wurde, fragte Karls Schwester Liesel den Gruppenführer:
„Was bassiert dann, wenn Ihne jemand ein Loch in die Scheib vunn de Gasmask schießt?"
„Dann tränen mir die Oochen" bekam sie zur Antwort.

Frankreich wurde erobert. In nur sechs Wochen!

Die Generation seines Großvaters hatte das nach vier Jahren Krieg und Millionen Gefallenen nicht ansatzweise geschafft.

Mit dem Führer war alles möglich und er hatte auch immer recht gehabt.

Mit allem!

Deshalb schwor man als Deutscher keinen Eid mehr auf Gott oder sonst was, sondern auf Adolf Hitler.

Der Schanzer Hof, den Karls Vater Ludwig und seine Mutter Erna mit ihm und den zwei Schwestern bewirtschaftete, war wie schon erwähnt, noch rückständig gewesen.

Fließendes Wasser und Strom gab es immer noch nicht.

Sie bekamen Nachricht:
Im eroberten Lothringen waren viele Höfe herrenlos, da die einheimischen Besitzer geflohen oder enteignet wurden.

Die Pfalz und das eroberte Lothringen wurden zum neuen Westgau zusammengefasst.

Sie meldeten sich im Büro des Gauleiters und siehe da:
Sie bekamen einen Hof nahe Metz zugewiesen!

Mit Strom, fließend Wasser, zehn Hektar fruchtbarem Ackerboden und einem eigenen Waldgrundstück!

Also zog man mit Hab und Gut nach Lothringen.
Einen gefangenen französischen Soldaten bekamen sie auch noch zugewiesen. Als Knecht.

Die nächsten zwei Jahre waren geprägt von harter Arbeit. Man hatte sich nach und nach eingewöhnt. Die Kinder hatten manche Reibereien mit der einheimischen Jugend auszufechten.

Ludwig war eingezogen und in Gefangenschaft geraten.

Die Amerikaner waren in Frankreich gelandet.

Der Hof musste geräumt werden.

Also ging es wieder nach Osten ins Bruch auf den Schanzerhof.
Mitgebracht hatten sie Karls kleinen Bruder, der in Frankreich geboren war.

Immer mehr deutsche Kolonnen kamen auf dem Rückzug durchs Bruch.

Kurz vor Kriegsende warfen viele Waffen und Munition einfach weg. Für die Jugend ein gefundenes Fressen:

Auch Karl vergrub mehrere MGs und zwei Karabiner hinter dem Gülleloch am Stall.

Dann kamen die Amerikaner.

Der Krieg war vorbei. Alles war so unwirklich.

Auf einmal war alles, was bis jetzt richtig und gut gewesen war, nur noch böse und falsch.

Alle hatten doch nur ihr Bestes gegeben!

Und jetzt?

Sie waren doch dafür bestimmt, über die Welt und die Untermenschen zu herrschen!

Er erinnerte sich noch in etwa an einen Satz des Führers vor noch nicht allzu langer Zeit:
„Wenn das deutsche Volk zu schwach ist, diesen Endkampf zu gewinnen, dann hat es nicht verdient, weiterzuleben."

Er hörte von den „Werwölfen":
Gruppen von meist jugendlichen „Soldaten", die den Kampf gegen die Besatzungssoldaten weiterführten und ausnahmslos hingerichtet wurden.

Er hatte den Eid auf den Führer geschworen.

Jetzt war der Führer tot.

Eigentlich machte jetzt alles keinen Sinn mehr.

Aber er war der Mann im Haus.

Der Vater war immer noch in Gefangenschaft, aber er lebte wenigstens noch.

Der Hof musste weitergeführt werden.

Es war Frühjahr.

Die Kartoffeln hatten sie schon gesetzt.
Das Getreide war ausgesät.

Die Kühe mussten gemolken werden.

Die Schweine brauchten Futter.

Millionen Deutsche aus den Ostgebieten, die
wirklich alles verloren hatten, strömten nach
Westdeutschland.

In der jetzt beginnenden schlechten Zeit nach dem
Krieg hatten sie wenigstens genug zu essen.

Hätten die Amerikaner jemanden erwischt, der eine
Waffe hat, hätten sie ihn standrechtlich erschossen.

Aber Karl hatte keine Wahl.

Überall im Bruch hörte man jetzt von Plünderungen
durch entlassene Kriegsgefangene aus Polen und
Russland.
Und die Schanzer hatten ja zu essen.

Eines nachts fuhr ein alter DKW in den Hof und die
Ladefläche flog auf.

Fünf slawisch sprechende Männer traten die Tür zur Küche ein und sahen den 15-jährigen mit einem Karabiner vor seiner Mutter und den Geschwistern stehen.

„Noch ä Schritt!" rief er und zielte auf den, den er für den Wortführer hielt.

Irgendwas murmelten sie, gingen rückwärts durch den kaputten Türrahmen in den Hof und fuhren davon.
So wurde man früher erwachsen.

Vater Ludwig kam erst Monate später aus der Gefangenschaft nach Hause.

Er war zwar körperlich unversehrt, aber wie seine ganze Generation sprach man nie über die Erfahrungen im Krieg.

Ihm ging es wie seinem Vater zuvor:
Hätten sie den Krieg gewonnen, wären sie Helden gewesen wie ihre Vorfahren 1870/71, die ihr Leben lang mit ihren Taten prahlen konnten.

Aber wie sein Vater im ersten, hatte auch er im zweiten Weltkrieg verloren.

Im Bruch bahnten sich nach dem Krieg nachhaltige Veränderungen an:

Die Amerikaner bauten in Miesau ein riesiges Munitiondepot und in Ramstein die Airbase, der größte Militärflughafen außerhalb der USA.

So hatte Hitler nachhaltig alles verändert:

Die in vielen Generationen über viele Jahrhunderte geschaffenen deutschen Ostgebiete waren unwiederbringlich verloren und ein großer Teil des Bruches ist bis heute noch Sperrgebiet der Siegermacht.

Karl war Zeit seines Lebens Landwirt.

In seiner Jugend war man als freier Bauer wer gewesen.
Mit den Jahren wurden die vielen Kleinbauern in den Dörfern im Bruch immer weniger.

Man suchte sich Arbeit, der Wohlstand wuchs.
Heute gibt es kaum noch Haupterwerbslandwirte.

Mit fünfzig fing Karl im Depot bei den Amerikanern an und arbeitete fünfzehn Jahre bis zu seiner Rente.

Morgens vor der Arbeit musste er mit seiner Frau Gisela in den Kuhstall, misten, füttern und melken.

Abends nach der Arbeit:
In den Kuhstall, misten, füttern und melken.

Der Urlaub ging immer für die Erntezeit drauf.

Auch er hatte vier Kinder, denen er auf diese Weise
einen guten Start ins Leben schenkte.

Und er hatte wenigstens eine Rente, von der man
leben konnte.

In seiner Kindheit hatte er keinen Strom und kein
fließendes Wasser.

Der erste Fernseher kam erst in den siebziger Jahren.

Die drei Programme reichten völlig aus, man schaute
nicht viel fern.

Heute streamt man.

Auf dem Hof war immer was los gewesen:

Bei der Ernte waren immer viele Helfer aus
Hütschenhausen da.

Man hatte nicht vergessen, dass man sich früher in
der schlechten Zeit nach dem Krieg gegenseitig
geholfen hat.

Auch bei der Kartoffelernte war immer die Bude
voll:
Es wurde gelacht, geschwafelt und gescherzt.

Die Kinder tanzten um das Kartoffelfeuer und sangen: „Kehraus, Kehraus, Schwarze hann die Grumbeer aus!"

Jahr für Jahr sah er, dass der technische Fortschritt immer schneller voranschreitet und jede neue Maschine zwar ein Fortschritt ist, aber auch Arbeitskräfte ersetzt.

Heute ist der Bauer die meiste Zeit allein auf dem Trecker unterwegs und die unheimlich produktiven Maschinen müssen erst mal den Anschaffungspreis rausarbeiten.
Dafür muss immer mehr Land gepachtet und bewirtschaftet werden.

Geselligkeit gibt es nur noch in wenigen Kneipen und Vereinsheimen.

Damals konnte er mit dem Motorrad überall hin brausen, es gab fast keinen Verkehr. Auf der Autobahn fuhren früher kaum Autos, auch das hat sich geändert.

Er hat nie ein Handy gehabt, er hat auch nie eins gebraucht.

Für einen Besuch nach Lothringen auf dem Hof bei Metz, wo sie im Krieg waren, fuhren sie ins Ausland und mussten Geld tauschen.

Heute in der EU gibt es keine Grenzen mehr.

Im Gasthaus Ziegler in Hütschenhausen oder im
Gasthaus Kiefer in Langwieden, wo seine Frau
Gisela her ist, gab es regelmäßig Musik aus dem
Quetschkasten und jeder sang mit.
Heute streamt man.

Er hat in seinen vierundachtzig Jahren viel erlebt und
viel Neues gesehen.
So viel Neues, dass er sich nicht vorstellen konnte,
dass noch was Neues erfunden werden kann.

Doch es wird noch viel Neues erfunden werden.

Bismarckturm

Will man heute den Bismarckturm in Landstuhl
besuchen, muss man von Landstuhl aus etwas
wandern, da er unterhalb des umzäunten US Medical
Centers steht.

Vom Turm aus hat man einen weiten Blick auf die
westpfälzische Moorniederung und kann die Flieger
auf der Air Base Ramstein beobachten.

Wilhelm Kreis hat ihn entworfen, er stellt als Modell
„Götterdämmerung" eine begehbare Feuersäule dar.

Oben sollte eine Feuerschale angebracht werden,
damit man – wie in Gondor- eine Feuerkette zu
Ehren des Reichskanzlers durch das ganze Reich
leuchten lassen konnte.

Auf über der Hälfte der 240 errichteten
Bismarcktürme wurde eine solche Feuerschale
angebracht.

In unmittelbarer Nähe steht wie erwähnt das US
Medical Center, das bis nach dem zweiten Weltkrieg
die Adolf-Hitler-Schule war.

Baldur von Schirach, Hitlers Staatssekretär, machte
die Mitgliedschaft in der Hitlerjugend zur Pflicht.

Von klein auf sollte die arische Jugend auf das Leben eines treuen und belastbaren Soldaten vorbereitet werden.

In den Napolas (nationalpolitische Erziehungsanstalten) wurde Hitlers politische Elite der Zukunft herangezogen; dementsprechend schwer waren die Auswahlkriterien und -prüfungen, die die wenigsten erfüllten.

Also gründete von Schirach die Adolf-Hitler-Schulen, die als fünfjährige Vorschule für die Aufnahme in die Ordensburgen konzipiert waren.

Hatte man das Diplom der Adolf-Hitler-Schule, das mit dem Abitur gleichgesetzt war, stand der Weg für die Partei- und Beamtenlaufbahn offen.

Als eine von zwölf Adolf-Hitler-Schulen im Reich wurde auf dem Kirchberg in Landstuhl für den Gau Saarpfalz bzw. Westmark errichtet und nach dem Krieg umgewandelt ins LRMC (Landstuhl regional medical Center).

Genau dort jedenfalls steht der Bismarckturm, der schon immer einen Besuch lohnte.

Es war im fünften Jahr des Krieges, und Volksschullehrer Hartmann beschloss, mit seiner bunt gemischten Klasse- in der alle Altersgruppen

zusammengefasst waren- den schönen Sommertag
zu nutzen und früh am Morgen von
Hütschenhausen aus zum Bismarckturm zu
wandern.

Zwei Milchkännchen hatte man dabei:
Für den Hinweg Milch als Marschverpflegung,
unterwegs sollten sie im Hauptstuhler Wald als
Sammelbehälter für Heidelbeeren dienen.

Gegen zehn Uhr hatte man die Milch getrunken- mit
den „Hellbeeren" war Fehlanzeige.

Eingangs des Hauptstuhler Waldes begegnete ihnen
ein Holzfuhrwerk, mit dem Werner Glück sein
Brennholz für den Winter Richtung Olenkorb
transportierte.

Die Klasse ruhte sich im Waldrand im Schatten aus,
als sie beobachteten, wie der Rappe von Glücks

Fuhrwerk anfing aufgeregt zu wiehern und kaum zu beruhigen war.

Dann kamen sie:
Zwei amerikanische Jagdflieger, die die gute Sicht in der Ebene des Bruchs nutzten, um auf alles zu schießen, was sich bewegte.

Glück konnte seinen Rappen gerade noch auszäumen und sich unter den Holzwagen retten, aber das Pferd kam nicht weit.

Der linke Vorderlauf wurde abgeschossen und die Schmerzensschreie des armen Tieres drangen markerschütternd in die Ohren der Kinder.

Und nochmal:

Nach einem schönen Looping schoss einer auf den Gaul, der zweite auf das Holz.

Wieder diese Schreie, die man nicht mehr vergisst-sein Lebtag nicht.

Als die Flieger abdrehten, drohte Lehrer Hartmann den Kindern, auf keinen Fall den Wald zu verlassen und eilte zum armen Glück-Werner, der verzweifelt versuchte, mit irgendetwas dem todgeweihten Pferd zu helfen.

Hartmann nahm die Axt, die er hinter dem Fuhrwerk fand und schlug mit der stumpfen Seite

dem Pferd mit einem mächtigen Schlag auf die
Blesse, so wie man die Schweine schlachtete, und
Ruhe war.

„Deckung!" schrie Glück. Ein Jagdflieger!

Er kam auf sie zu und wackelte mit den Flügeln, da
sahen sie die eisernen Kreuze auf dem Flugzeug: ein
blutjunger deutscher Pilot winkte ihnen aus der
Kanzel zu und drehte ab.

Schusssalven!
Beide Amis waren zurück und nahmen den
deutschen Flieger in die Mangel.

Die Lufthoheit hatte die deutsche Luftwaffe schon
lange verloren, genauso wie die erfahrenen Piloten;
der Junge im Cockpit hatte keine Chance.

Er flog nach Westen Richtung Miesau.

Der 15-jährige Karl Schwarz verfolgte das
Geschehen:
Über dem Schanzerhof, wo er wohnte, traf den
deutschen Flieger eine Salve- aus diesem Luftkampf
sind heute noch Einschusslöcher in der Südseite der
Scheune mit dem Wappen Franz von Sickingens zu
sehen.

Im Tiefflug umkreiste er noch den Bismarckturm,
versuchte Haken zu schlagen.
Der linke Tragflügel riss ab, er kam ins Trudeln.

165

Er schaffte es noch, nicht ins Wirtschaftsgebäude des Olenkorbs zu stürzen, zog hoch und zerschellte im Wald.

Zweimal deckten sie noch das Fuhrwerk mit Salven aus der Bordkanone ein, doch die Männer darunter hatten Glück, Lehrer Hartmann verlor an diesem Tag nur die linke Hand.

Blitzblank waren die Milchkännchen und die reflektierende Sonne zeigte den amerikanischen Piloten, dass im Wald noch mehr war, auf das sich zu schießen lohnte.

Eine Salve, dann abdrehen, noch eine Salve, dann waren sie weg.

Die kleine Erna Scheuermann hat seitdem nur noch ein Bein- deswegen hat sie nie geheiratet.

Am Eingang des Friedhofsgebäudes in Hütschenhausen ist eine gusseiserne Plakette eingelassen:

„Hier starb auf dem Weg zu friedlicher Feldarbeit durch Fliegerangriff Katharina Westrich *1926, +1945"

Hartfüßler

„Du machst keine Lehre, du heiratest später eh."
sagte Großvater.

Mariechen hatte große Pläne:
Ein eigener Beruf und vielleicht irgendwann sogar
sich selbständig machen!

Nur: die Buben gingen nach der Schule in die Lehre,
die Mädels nicht.

Die Frau war für Küche, Herd und Kinder
zuständig.

Bis der Traummann und Geldverdiener gefunden
war, arbeitete die zukünftige Hausfrau in der Fabrik
als ungelernte Hilfskraft.

Wenn es gut lief, kam so wenigstens genug für die
Aussteuer zusammen.

Elisabeth, die große Schwester, arbeitete schon drei
Jahre lang in der Spinnerei.

Das erste Jahr fuhr sie täglich mit dem Fahrrad von
Hütschenhausen nach Otterbach; der Job als
Hilfskraft in der Spinnerei Lampertsmühle war wie
ein Hauptgewinn; sie verdiente nicht schlecht.

Dank dem Führer fuhr jetzt sogar täglich ein Bus!

Im letzten Mai war die Milchkuh am Milchfieber
gestorben:
Eine Katastrophe für die Familie.
Keine eigene Milch mehr.

Das bisschen Rahm- und Käsegeld fehlte in der
Haushaltskasse.

Das Fleisch war durch das Fieber für den Verzehr
unbrauchbar.

Der Abdecker musste bezahlt werden.

Noch schlimmer:
Die zusammengebettelte Milch von den
Nachbarskühen- fast jede Familie hatte ja eine für
den Selbstverbrauch- bekam dem schwächlichen
Kälbchen nicht:
es bekam Durchfall und starb ebenfalls.

Also:
Elsbeth war eh keine Schönheit; somit konnte die
Hochzeit warten und sie hatte die letzten zwei Jahre
für ein neues kräftiges Glanrind gearbeitet.

Am 31. Januar schon hatten überall die Glocken
geläutet:

Paulus hatte kapituliert; falls der Vater noch lebte,
war er mit der 6. Armee vor Stalingrad in
Gefangenschaft geraten.

Friseurin! Ich will Friseurin werden!

Mariechen war hartnäckig.

Eigentlich hatte sie Spaß an Medizin, aber damals
gab es noch keine Sprechstundenhilfen beim
Landarzt:
Das bisschen machte die „Fraa Dokter" mit.

„Neimodische Ferz! Such dir wennigschdens ein
Hartfießler!"

Der Opa meinte es nur gut; sie sollte es mal besser
haben.

Mangels Arbeitsstellen in der Westpfalz zog es viele
Arbeiter ins Saargebiet, als Bergmann.

Vor dem ersten Weltkrieg waren sie als Hartfüßler
unterwegs:

Zu Fuß marschierten sie drei Stunden vor
Arbeitsbeginn auf den schnurgeraden
Hartfüßlerwegen, die von den Gemeindedienern
entlang des Wegs gut in Schuss gehalten wurden,
damit unterwegs keine Zeit verloren ging.

Aus Gummi, Holz und Leder waren die
Hartfüßlerschuhe an den Füßen, die mit der Zeit von
dicker Hornhaut umgeben und dementsprechend
hart waren.

Da viel Zeit und Kraft durch die langen täglichen Märsche verloren ging, wurde von den Grubenbetreibern nach und nach Schlafhäuser gebaut: das saarländische Elversberg zum Beispiel ist so entstanden.

Nach dem ersten Weltkrieg fuhren die westpfälzischen Bergleute schon mit dem Fahrrad; und auch hier war jeder dem Führer dankbar, dass er Autobahnen und Straßen baute und seit einiger Zeit Omnibusse ins Saargebiet rollten.

„Das kommt net in die Tutt, mir sinn Schwarzkittel!"

Die Mutter war außer sich.
Die schwarze Robe der protestantischen Pfarrer war hier der Namensgeber.

Man ging zwar hin und wieder in die Kirche; aber ein katholischer Hartfüßler war undenkbar:

Nicht nur, dass sie statt „Ge Moje" und „Gunn dach" „Glück auf" wünschten.

Die schwere Arbeit unter Tage und die immer noch häufigen Grubenunfälle bedingten eine gewisse Strenggläubigkeit.

Der 4. Dezember war Barbaratag; der musste bei Grubenleuten gefeiert werden:

die heilige Barbara ist Schutzpatronin der Bergleute und der Artillerie.

Die beiden Volksschulen im Dorf waren streng nach Konfession getrennt.

Erst die verpflichtende Mitgliedschaft in der Hitlerjugend beendete die ständigen Neckereien und Prügeleien der jungen Schwarzkittel und Kreuzköpfe.

„Denk doch mol noo!"

Großvater Albert kannte die Vorzüge als Bergmann:

Die Nachbarn mussten jeden Sommer ausreichend Holzbrand für den Winter beischaffen.

Er als pensionierter Bergmann bekam jedes Jahr die ihm zustehenden fünf Tonnen Deputatkohle geliefert: man musste sie nur in den Keller schippen; am besten vor der Kartoffelernte, sonst gab es im Keller durcheinander.

Bergmannshäuser erkannte man auch daran, dass es hier bedeutend öfters nach leckerem Braten roch: die Arbeit war zwar hart und gefährlich und ungesund für die Lunge, aber man verdiente besser.

Außerdem gab es auf der Grube seit langem sogar arbeitsfreie Samstage!

Und ganz konkret:
Es gab im Dorf keine jungen Männer mehr:
Sie waren im Krieg.

Außer die kriegswichtige Arbeit leistenden
Bergmänner.

Julius zum Beispiel, der gefiel Mariechen sogar und
sie konnte ihn sich schon vorstellen.

Großvater war sein Lebtag Bergmannsbauer
gewesen:

Neben den Landwirten war damals der Beruf des
Bergmannes im Bruch am charakteristischsten.

Beide Berufsstände verschmolzen zum
Bergmannsbauern und dem Leben im
Bergmannsbauernhaus.

Die erwähnten beiden Glankühe dienten der
täglichen Milch- und Buttergewinnung und waren
Zugtiere für die Bewirtschaftung der vier Hektar
Wiesen und Ackerfläche.

Schweine, Ziegen, Schafe und Hühner sowie
Stallhasen dienten neben der Abfallentsorgung und
der Eierproduktion als Nahrungs- und
Düngerlieferanten.

Durch die Hausschlachtung besaß man Fleisch,
Wurst und Fett für den Hausgebrauch.

Wenn eine größere Anschaffung anstand, wurde ein Mastschwein oder ein Kalb verkauft.

Kartoffeln wurden auf dem Feld angebaut, der Rest im Bauerngarten:
Gemüse, Salat, Futterrüben, Kohl usw.

Weizen und Roggen wurde nach der Ernte auf der Schanzer Mühle gemahlen und dem Bäcker zur Verfügung gestellt.
Dafür musste man später für das Brot nur den Backlohn zahlen.

Übers ganze Jahr war die wichtigste Arbeitskraft auf dem Hof die Frau des Bergmannsbauern:

Die meisten Tätigkeiten im Stall und auf dem Feld blieben an ihr hängen; zusätzlich noch die Hausarbeit und das bisschen Kindererziehung.

Pflug, Egge und Mäher (oder Sense) waren Sache des Mannes.

Vor oder nach der Schicht, hauptsächlich jedoch an den Wochenenden, wurde auf dem Feld gearbeitet.

Der Urlaub gehörte der Ernte.

Bei der Heu- Getreide- oder Kartoffelernte hatte jeder- auch die kleinsten, mitzuhelfen:

Über die Kartoffelrutsche schippten sie mit der Grumbeergawwel die Ernte durchs Kellerloch in den frostsicheren Gewölbekeller.

Nur in sehr strengen Wintern erfror dort ein Teil der Kartoffeln, die dann süßlich schmeckten und ungenießbar waren: dann verfütterte man sie an die Schweine.

Nach der Ernte und wenn die Kinder auch die ganz kleinen Miggeferzjer aufgelesen hatten, wurde das trockene Kartoffelkraut gehäuft und angezündet.

Die Kinder tanzten fröhlich ums Feuer und sangen: Kehraus, kehraus, endlich sin die Grumbeer aus!

Anfang des Winters kam der Kohlehändler, um die Deputatkohle, die Opa als Bergmann zustand, abzuladen.
Er kippte nach Augenmaß einen Teil der Ladung vor das Kellerloch und fuhr dann zur gemeindeeigenen Waage, um die fehlende Menge nachwiegen zu lassen.

Da die Deputatkohle weder gewaschen noch sortiert war, musste das, was zu groß war und nicht durchs Kellerloch passte, erst kleingeschlagen werden.

Im Keller wurde aus den größeren Brocken eine Kohlenmauer errichtet, um die immer kleiner werdenden Brocken, die von außen nachkamen,

beisammen zu halten und von den Kartoffeln zu trennen.
Auch die kleinsten Fitzelchen wurden von den Kindern aufgelesen:

Die Mutter heizte mit ihnen im Küchenherd das Badewasser.
Dieser Tag war der einzige im Jahr, an dem das Badewasser in der Zinkwanne sogar zwischendurch gewechselt wurde.

Sonst musste eine Füllung für alle (von groß nach klein) nacheinander reichen.

Zum Kochen und um im Winter über Nacht das Feuer am Laufen zu halten, benutze man Briketts.

Diese Presskohle mit der Aufschrift Union tauschte Großvater gegen einen Teil der Deputatkohle oder kaufte sie hinzu.

Im Bruch wurde in früheren Zeiten auch immer noch Torf gestochen.
Das war eine arbeits- und zeitintensive Art der Brandbeschaffung:

Die Torfsoden wurden übers Jahr gestochen und vor Ort getrocknet und mehrmals im Jahr gewendet.

Im Winter, wenn der Bruchboden gefroren war und man nicht mehr mit dem Fuhrwerk einsank, wurde

der Torf heimgefahren und auf dem
Trockenspeicher gelagert.

Auch hier musste er bis zum nächsten Winter immer
wieder gewendet werden.

Mit der Zeit wurden die Brocken immer leichter und
kleiner und zerfielen immer mehr zu Staub; deshalb
hat Torfstechen nur noch eine Bedeutung für
Nostalgiker.

Für die Düngung im Garten und auf dem Feld
diente der Inhalt des Puhllochs, der Fäkaliengrube.

Über ihr war der Abtritt gebaut:
ein Plumpsklo außerhalb des Hauses.

Auch die Ablaufrinne hinter den Kühen und
Schweinen im Stall mündete hier.

Im Winter musste man das gefrorene braune Eis mit
dem Pickel entfernen und in die Grube schaufeln.

Die sich damals durchsetzenden Luftreifen am
Fahrrad hatten es schwer, weil man im Winter die
Asche aus den Öfen samt Nägeln auf die Straße und
den Hof streute; Streusalz war damals noch nicht
üblich.

Flugtag

Es war wie jedes Jahr ein Volksfest, das seinesgleichen im Landstuhler Bruch suchte.

Über 300.000 begeisterte Zuschauer waren auch an diesem Sonntag, dem 28.8.1988 auf die Airbase Ramstein geströmt.

Er hatte die letzten beiden Vorführungen direkt neben dem Kühllaster verfolgt, von dem Eis verkauft wurde.

Für das durchstoßene Herz, das die Frecce tricolori als Höhepunkt der Flugdarbietungen vorführen sollte, suchte er sich einen Platz 50 Meter weiter links, da das Flugzeug, welches das Herz durchstoßen sollte planmäßig auf die Menge zufliegen sollte und er Angst hatte, wegen der Sonne nicht alles sehen zu können.

Das hatte Martin das Leben gerettet:

Das Flugzeug von Nutarelli, dessen Anflug zu tief war, touchierte zwei Kameraden und alle drei stürzten ab.

177

Pony 1 mit Naldini zerschellte und traf einen in Bereitschaft stehenden Black Hawk Hubschrauber, in dem alle sieben Besatzungsmitglieder schwere Verbrennungen erlitten.

Der Hubschrauberpilot Strader starb drei Wochen nach dem Unglück.

Nutarellis Pony 10, die direkt über die Zuschauermassen fliegen sollte, bahnte sich in einem Feuerball den Weg durch die Menge, schlug mitten im Kühllaster ein, durch die Wucht löste der Schleudersitz aus; er wurde ins Innere des Lasters geschleudert und starb.

Viele wurden durch das brennende Kerosin bis zur Unkenntlichkeit verbrannt; auf dem Weg durch die Menge riss die Maschine Stacheldrahtverhaue der Zäune mit sich und dieser Stacheldraht zerfetzte auch Menschen, die nicht direkt durch die Flammen geschädigt waren.

Verbrannte Körper lagen da, Männer, Frauen und Kinder mit abgerissenen Gliedmaßen irrten umher.

Die Amerikaner kannten nur die Load-and-go-Praxis, die sich in Vietnam bewährt hatte:

Keine Erstversorgung, sofort einladen und abtransportieren.

Zusammen mit zwei deutschen Feuerwehrleuten
hatte Martin Eiswürfel zusammengelesen, die aus
dem Kühllaster herausgeschleudert wurden:

Der kleine Junge schrie wie am Spieß und sie wollten
die Schmerzen durch die Verbrennungen lindern.

Zwei Männer von der MP rissen das schreiende
Kind aus ihren Armen, brachten es in einen
Militärbus und brausten davon.

Es roch nach verbranntem Fleisch und Kerosin, erst
allmählich wurde es ruhiger, die Schreie ließen nach.

Martin sah die verbliebenen sieben Maschinen in
weiten Kreisen über den Himmel ziehen und
betrachtete sich die Start- und Landebahn:

Beide waren mit Trümmern übersät, so dass hier
keiner mehr starten geschweige landen konnte.
Schließlich flogen sie Richtung Osten davon.

„Wohin fliegen die den jetzt?" fragte er in Richtung
der beiden Feuerwehrmänner.

„Nach Sembach auf die Airbase, ist nur 20
Kilometer." bekam er zur Antwort.

Das Unglück ereignete sich kurz nach Mittag.

Abends vorm Fernseher kam die Meldung, dass
gerade eben im Klinikum Ludwigshafen ein mit
Verbrennungsopfern vollbesetzter Bus, der durch
Mannheim geirrt war, eingetroffen war.

Kein Arzt oder Sanitäter war dabei, nur ein ortsunkundiger und des Deutschen nicht mächtiger Fahrer.

In diesem Bus war auch der kleine Junge, der zwar überlebte, aber lebenslang gezeichnet war.

Erst eine halbe Stunde nach dem Unglück kam Verstärkung von der deutschen Feuerwehr.

„Wo bleiwe ihr dann bloß?"

Der eine Feuerwehrmann war außer sich, weil seine Kameraden so lange gebraucht haben.

„Die hann uns net ringeloss!" kams zurück.

Auch wurde das THW, das den ganzen Tag bereitgestanden hatte, nicht hinzugerufen.

Martin wollte sich daheim melden und suchte ein Telefon. Aber da war das Telefonnetz in der Umgebung schon zusammengebrochen.

Es gab ja noch keine Handys.

Ein paar Besucher hatten ihr Mobilfunkgerät dabei.

Diese waren jetzt das Sprachrohr zur Außenwelt:

Sie organisierten Blutkonserven, teilten Angehörigen mit, dass man noch lebte, setzten Notrufe ab und leiteten Informationen weiter.

Infusionen konnten nicht angelegt werden, weil die Injektionsnadeln der Deutschen nicht zu den Infusionssystemen der Amerikaner passten.

Die Verletzten wurden in Kliniken im weiten Umkreis gekarrt und keiner wusste, wer wo war. Es gab keine Dokumentationen über Auffindungssituationen und bereits erfolgter Maßnahmen.

Am nächsten Tag sagte US-General Galvin bei einem Besuch der Unglückstelle:

„Ich bin sehr stolz auf das, was ich vor Ort gesehen habe."

Gesichter des Bruchs

Wie mehrfach erwähnt, hat das Bruch schon immer viele kommen und gehen sehen.

Urmenschen, Kelten, Römer, Germanen.

Helvetier, Sueben, Burgunder, Alemannen, Franken.

Aus Ostfranken wurden schließlich Deutsche.

Hunnen, Ungarn, Heere aus allen Teilen Europas zogen hier durch.

Mal deutsch, mal französisch, mal österreichisch, mal bayerisch, schließlich deutsches Reich.

Nach dem ersten Weltkrieg französisch besetzt, nach dem zweiten Weltkrieg amerikanisch besetzt.

Immer wieder entvölkert, immer wieder von Zuwanderung wiederbelebt.

Im Mittelalter wanderten Bewohner des Bruchs nach Osten und erschlossen die Ostgebiete, die jahrhundertelang deutsch geprägt waren.

Andere wanderten nach Amerika und die ganze Welt aus.

Das Bruch war Teil winziger Kleinstaaten, aber auch des großdeutschen Reiches, das die von Hitler versprochenen tausend Jahre noch keine zehn Jahre durchhielt.

1945 waren 600 Jahre deutscher Geschichte in Osteuropa ausgelöscht.

Millionen Vertriebene kamen nach dem Krieg nach Westdeutschland und auch ins Bruch.

Wieder änderte sich das gesellschaftliche Gefüge.

Doch die neuen integrierten sich und halfen beim Aufbau Nachkriegsdeutschlands.

Nach der Wiedervereinigung kamen Millionen Spätaussiedler nach Deutschland.
Ortsschilder wurden übermalt:

Aus Buchholz wurde Buchholzka oder Klein-Moskau.

Doch die Russlanddeutschen integrierten sich und sind heute diejenigen, die wirtschaftlich und vor allem bevölkerungspolitisch durch ihre nach wie vor hohen Kinderzahlen das Bruch prägen.

Die „Alteingesessenen" bekommen kaum noch Kinder.

Zuwandererströme aus Syrien, über die Balkanroute oder das Mittelmeer und nicht zuletzt kinderreiche Familien aus der Ukraine prägen ebenso das Bild des Bruches.

Die Amerikaner als ehemalige Besatzungsmacht sind dem Bruch erhalten geblieben.

Jedes Mal, wenn ein amerikanischer Präsident über den Abzug aus Deutschland oder Verlegung von Truppen nach Osteuropa nachdenkt, gerät ein großer Teil der Hausbesitzer, die an amerikanische Soldaten vermietet haben in helle Aufregung.

Was würden die Jäger des alten Volkes denken, wenn sie heute von der Höhe auf das Bruch herabschauen?

Tag und Nacht beschallt die Autobahn A6, die das Bruch der ganzen Länge nach durchschneidet die Bewohner des Bruchs.

Nachts ist der Himmel über dem Bruch hell erleuchtet von den nach oben strahlenden und durch Spiegel nach unten auf die Rollbahn reflektierenden Flutlichtstrahlern der Airbase.

Die Lichtverschmutzung macht das Bruch zum hellsten Punkt Deutschlands bei Nacht.

Der alte Kanun würde wohl seinem Lieblingsneffen
Ellem das Gedicht vom Aal vom Bruch erzählen:

De Glan erunner schwimmt ein Aal,
bis ins Meer un trefft ein Wal.

Der Wal saat: „Du, ich hann geheert,
im Bruch laaft einiges verkehrt"!

Der Aal mennt, es wär halb so schwer,
wenn die Menschheit dort net wär!

Die mache net nur sich kaputt,
aach die Natur! Do krie ich Wut!

Trotzdäm: Das schääne Lääwe in de Palz!
Ich saa zum Parre: „Gott erhalt's"!

Jed Johr schwimm ich vun de Sargassosee
serick ins Bruch, weil's dort so schää!

Un die Geschichte iwwers Bruch,
die sinn jetzt doch emol genuch.
Drum endet jetzt aach dieses Buch.